Gernot Wolfgruber:
Auf freiem Fuß
Roman

Deutscher
Taschenbuch
Verlag

dtv

Von Gernot Wolfgruber
sind im Deutschen Taschenbuch Verlag erschienen:
Herrenjahre (1483)
Niemandsland (1568)
Verlauf eines Sommers (10294)

Ungekürzte Ausgabe
1. Auflage Juni 1978
4. Auflage März 1985: 19. bis 26. Tausend
Deutscher Taschenbuch Verlag GmbH & Co. KG, München

ISBN 3-7017-0143-1
Umschlaggestaltung: Celestino Piatti
Gesamtherstellung: C. H. Beck'sche Buchdruckerei, Nördlingen
Printed in Germany · ISBN 3-423-10386-8

Das Buch

»Die Mädchen unseres Ortes, von denen ich gewünscht hätte, sie seien meine Freundinnen, waren immer welche aus besseren Familien, mit denen ich mir nicht anders ins Gespräch zu kommen vorstellen konnte, als daß ich sie beim Baden vor dem Ertrinken gerettet haben würde.« Wolfgruber schildert den zum Scheitern verurteilten Versuch eines fünfzehnjährigen Lehrlings, zum Schmied des eigenen Glückes zu werden. Der namenlose Ich-Erzähler, der seinen Lebensentwurf auf vorfabrizierten Klischees aus der Kino-Welt aufbaut, gerät zwangsläufig in Kollision mit der Umwelt. Keineswegs gewillt, sich duckmäuserisch anzupassen, verweigert er sich und versucht sich zu wehren. Privat wie beruflich benachteiligt und stets auf der Verliererseite, gerät er auf die schiefe Bahn, begeht mit seinen Kumpels kleine Einbrüche, weniger der Beute wegen, sondern mehr aus Sucht nach Abenteuer und Nervenkitzel.

Der Autor

Gernot Wolfgruber, am 20. Dezember 1944 in Gmünd in Niederösterreich geboren. Nach der Hauptschule Lehrling und Hilfsarbeiter in verschiedenen Berufen, dann Programmierer. Als Externer holte er die österreichische Matura nach und studierte anschließend Publizistik und Politologie. Er lebt heute als freier Schriftsteller in Wien. Weitere Veröffentlichungen: ›Herrenjahre‹ (1976), ›Niemandsland‹ (1978), ›Verlauf eines Sommers‹ (1981), Romane; ›Der Jagdgast‹ (1978), Fernsehspiel; ›Ankunftsversuch‹ (1979), Erzählung.

Es war alles zu selbstverständlich. Ich bin gar nicht auf den Gedanken gekommen, daß es nicht selbstverständlich sein könnte. Weil es sich von selbst verstand, brauchte ich nichts zu verstehen. Es sprach alles dafür: ich würde einen Beruf erlernen, würde Lehrling werden. Reden waren da nicht notwendig. Mein Bruder war schon Lehrling, Elektriker, im vierten Jahr. Ich würde auch einer werden. Oder Hilfsarbeiter. Aber für einen Hilfsarbeiter war ich zu *gescheit*. Und das ganze *Gesindel* waren Hilfsarbeiter. Wir waren anständige Leute. Alle Brüder meiner Mutter hatten einen Beruf erlernt. Sie lebten nicht mehr. Aber es wurde oft von ihnen gesprochen. Die Handelsschule wäre theoretisch noch eine Möglichkeit gewesen. Vielleicht wäre ich gegangen, wenn es eine im Ort gegeben hätte. Aber die nächste war dreißig Kilometer entfernt. Und meine Mutter sagte, ich weiß nicht, ob wir uns das leisten können. Ich hatte auch kein Interesse. Ich habe mir einen Verzicht vorgespielt: Chemiker wollte ich werden, weil ich mir nach einem Buch ein »Labor in der Kiste« hergerichtet hatte. Ich habe die Versuche wiederholt, die wir in der Schule gemacht haben, wenn ich die Geräte und Chemikalien dazu hatte. Ich habe versucht, mir nach dem Buch ein paar Apparate zu basteln. Es fehlten mir immer irgendwelche Chemikalien. Ich habe alle gekauft, die mir der Apotheker gegeben hat. Um einen Schilling Kalilauge, um einen Schilling Schwefel, alles um einen Schilling. Ich habe ein explosives Gemisch erfunden: Schwefelsäure, Kaliumpermanganat, Benzol. Das wäre ein Beruf, habe ich gedacht. Aber dazu hätte ich Schulen besuchen müssen. Ich habe nicht einmal gewußt welche. Es war zu exotisch. Also habe ich verzichtet. Es gab für mich keinen Zweifel: Interessen sind *eine* Sache, ein Beruf ist eine andere. Die erste Frage, die sich nicht nur rhetorisch stellte, war: Welche Lehrstellen sind frei? Meine Mutter hat sich umgehört, als ich noch in die vierte Klasse Hauptschule ging. Neben dem Haus, in dem wir wohnten, war eine Möbelfabrik. Die nahmen jedes Jahr ein paar. Meine Mutter hat mich gefragt, ob ich will. Ich habe es nicht gewußt. In einer Auslage habe ich einen Bockhobel gesehen. Er hat mir gefallen. Wennst mir einen kaufst, habe ich zu meiner Mutter gesagt, werd ich Tischler. Am nächsten Ersten, hat sie gesagt. Sie hat es dann aber vergessen.

Der Breiner, der hinter mir in der Bank sitzt, hat damit angefangen, und jetzt geht es in der Klasse wie eine Seuche um: Fast alle lassen sich Gratiskataloge schicken. Der Breiner hat das dicke, bunte Heft in der Pause herumgezeigt, keiner hat glauben wollen, daß es sowas umsonst gibt, bis er uns die ausgeschnittene Annonce hingehalten hat, wo gestanden ist: Postkarte genügt. Ich habe noch am selben Tag die Postkarte geschrieben. Der Breiner hat mir gesagt, wie man da schreiben muß: Ich bitte um die Zusendung Ihres Gratiskatalogs. Besten Dank im voraus. Aber bevor mein Katalog noch gekommen ist, hat der Breiner schon zwei weitere Kataloge von anderen Firmen bekommen. Einen mit Fotoapparaten und einen mit Zelten und Faltbooten. Da sind dann die letzten Standhaften, die zuerst gesagt haben, für was brauch ich das, umgefallen und haben sich die Adresse geben lassen. Am Anfang hat der Breiner die Adressen noch umsonst hergegeben.

Weil es in der ›Wochenschau‹, die wir als einzige Zeitung zu Hause haben, nur das Angebot eines Gratiskatalogs für Umstandskleider gibt, gehe ich zum Zahnarzt. Aus den Illustrierten im Wartezimmer schreibe ich mir sechs Adressen ab. In der Klasse sage ich nichts davon. Leider kommen alle sechs Postkarten zurück, weil ich nicht gewußt habe, daß man für Deutschland Auslandspostkarten verwenden muß. Als ich von der Schule nach Hause komme, schmeißt mir meine Mutter die Karten neben den Suppenteller. Was das jetzt schon wieder sein soll, will sie wissen. Meine Erklärungen erklären für sie gar nichts. Wenn man nichts kaufen will, braucht man keine Kataloge. Ich klebe die noch notwendigen Marken auf die Karten und schicke sie noch einmal ab. Als drei Kataloge an einem Tag kommen, kriegt es meine Mutter mit der Angst, daß sie was kaufen muß, und ich kann sie nur mit Mühe davon abhalten, die Kataloge zurückzuschicken. Ich sage, daß sich die ganze Klasse solche Kataloge schicken läßt. Aber daß du mir ja keine neuen bestellst, sagt sie. In der Klasse bin ich alle vier Pausen absoluter Mittelpunkt. Der Zechmann bietet mir an, eine Woche lang seine Wurstsemmel mit Gurkerl gegen mein Schmalzbrot zu tauschen. Vom Breiner bekomme ich zwei neue Adressen. Zu unserer Verwunderung wird uns von den Lehrern nicht verboten, die Kataloge in die Schule mitzubringen. Comics und Kaugummibilder hat man uns sonst immer gleich abgenommen.

Ich sitze oft stundenlang über den Katalogen und kreuze mir an, was ich gerne haben möchte. Dann ordne ich die Wünsche nach ihrer Dringlichkeit und fülle die Bestellscheine aus. Einen Nachmittag lang zeichne ich mir mit Tusche und Reißfeder einen Stapel neuer Bestellscheine, weil ich die, die den Katalogen beigelegt waren, schon alle vollgeschrieben habe. (Obwohl ich genausogut alles hätte bestellen können wie das, auf das ich mich beschränkte, weil ich ja keine Bestellung abschickte, ging ich immer davon aus, *nicht genug* Geld zu haben.)

Mein Sitznachbar übertrifft dann alles bisher Dagewesene mit einem Katalog für Schreckschußpistolen, Luftdruckgewehre und Wurfmesser. Alles, was ich ihm als Kaufpreis anbiete, ist ihm zuwenig. Die paar in der Klasse, die Taschengeld haben, kaufen die Adresse um fünf Schilling. Während Erich, mein Sitznachbar, auf dem Klo ist, durchstöbere ich heimlich seine Schultasche, bis ich den Katalog finde. Obwohl es schon zum Pausenende läutet, gehe ich dann ebenfalls aufs Klo und schiebe den Katalog, den ich mir unters Hemd gesteckt habe, hinter die Klomuschel. Erich bemerkt noch während der Stunde, daß sein toller Katalog fehlt. Gib den Katalog her, zischt er mir zu. Ich zucke die Schultern. In der Pause werden erst ich, dann meine Schultasche durchsucht. Weil alle hoffen, von Erich die Adresse zu bekommen, wenn sie zu ihm halten, habe ich die ganze Klasse gegen mich. Obwohl sie nichts bei mir finden, kündigen sie mir an, nicht mehr mit mir zu reden. Ein paar wollen mir die Goschen anhauen. Ich hole den Katalog vorsichtshalber erst am nächsten Tag aus dem Klo. Während Erich an der Tafel ist, schiebe ich den Katalog in sein Fach. Die Adresse habe ich mir schon abgeschrieben.

Als ich den Katalog zugeschickt bekomme und meine Mutter die abgebildeten Pistolen sieht, ist es aus mit ihrer Geduld. Sagt sie. Und während ich eislaufen bin, verbrennt sie mir alle Kataloge.

In der Klasse sage ich, es interessiert mich nicht mehr. Aber es dauert lange, bevor ich mir abgewöhnen kann, sofort nach Gratiskatalogangeboten zu suchen, wenn ich eine Zeitung in die Hand bekomme.

Ich sitze im ungeheizten Kabinett und ritze mit einer Ahle die Worte »I love you« in das kleine Feuerzeug. Wenn ich eine Tür gehen höre, decke ich das Englischbuch darüber. Zuerst wollte ich die Worte »Ich liebe Dich« einritzen, aber der Satz ist mir dann zu peinlich gewesen.

Ich habe das Feuerzeug bei der Bushaltestelle gefunden und auf dem Heimweg alle Augenblicke aus der Tasche genommen und angeschaut. Es war mein erstes Feuerzeug. Feuerzeuge haben nur Erwachsene. Weil es so klein war, habe ich gedacht, das muß einem Mädchen gehört haben, und ich habe mir das Mädchen vorzustellen versucht, aber mir ist nur die Gitti eingefallen. Wenn sie nach den Weihnachtsferien wieder da ist, habe ich mir gesagt, werde ich es ihr schenken.

Wir haben nach dem Schreibmaschinenkurs eine halbe Stunde lang denselben Heimweg, ich trage ihre Schreibmaschine, und in der finsteren Gasse hinter ihrem Haus küssen wir uns eine Weile, bis sie sagt, sie muß jetzt gehen. Bevor wir uns zum erstenmal geküßt haben, habe ich das Buch ›Wie sag ich es meinem Kinde‹ hinter den anderen Büchern im Schrank hervorgekramt, wo meine Mutter es immer wieder versteckt. Ich habe geglaubt, da drinnen muß doch stehen, wie man sich küßt. Aber es ist nur etwas über die Anatomie des Kinderkriegens gestanden. Gitti hat aber ohnedies schon genau Bescheid gewußt.

Damit niemand sieht, was ich in das Feuerzeug geritzt habe, umwickle ich es mit Isolierband.

Zu meinem Bruder sage ich, ein Mädchen hat mirs geschenkt. Aha, sagt er, hast auch schon eine Katz? Klar, sage ich und überlege, ob ich das Isolierband nicht abwickeln und ihn die Inschrift zum Beweis lesen lassen soll. Na was machst denn mit ihr, fragt mein Bruder. Na was schon, sage ich. Pudern auch, fragt er. Sowieso, sage ich und klebe das Isolierband, das ich schon abzuwickeln begonnen habe, wütend wieder fest.

Wenn ich daran denke, spüre ich das Feuerzeug in meiner Hosentasche. Ich habe dabei ein so tristes Gefühl, daß ich ganz sicher werde, das Feuerzeug hat etwas mit Gitti zu tun. Daß sie es mir geschenkt hat, kommt mir viel wahrscheinlicher vor, als daß ich es so ohne weiteres gefunden habe.

(Einen Tag nach dem nächsten Schreibmaschinenkurs, bei dem Gitti von einem abgeholt worden ist, der ein paar Jahre älter war als ich, bin ich allein über die verschneiten Wiesen zum Wald hinaufgegangen. Unter den ersten Bäumen bin ich stehengeblieben, habe das Feuerzeug aus der Hosentasche genommen, es ein paarmal angezündet, dann habe ich schnell die Augen zugemacht und es in weitem Bogen in die gleichförmig weiße Fläche hinausgeworfen. Obwohl ich im letzten Augenblick dann doch noch die Augen aufgemacht und gesehen habe, wo das Feuerzeug niedergefallen ist, ist es mir nicht mehr gelungen, es wiederzufinden.)

Meine Mutter hatte mich in der Möbelfabrik angemeldet. Eine ganze Seite voll Namen, sagte sie, haben sie schon. Nehmen würden sie nur fünf. Sie hatte mit einem entfernten Verwandten geredet, der Betriebsratsobmann in der Möbelfabrik war, und er hatte versprochen zu tun, was er könne. Ganz sicher, hatte er gesagt, könne er es nicht versprechen, aber wahrscheinlich schon.

Mir waren ihre Aktivitäten und halben Erfolge gleichgültig. Aber sie erwartete Freude, wenigstens Dankbarkeit. Sie laufe sich die Beine wegen mir aus, hielt sie mir vor, aber der Herr tut, als geht ihn das gar nichts an.

Der Beruf kam auf mich zu wie nach einer Schulklasse die nächste. Gedanken daran, schien mir, waren unnötig, es würde sein müssen, und ich konnte nichts *dagegen* tun. Ich sah keinen Anlaß, auch noch etwas *dafür* zu tun. Die Mahnungen meiner Mutter, ich müsse doch an die Zukunft denken, waren für mich nur nichtssagendes Gerede.

Als dann in der Klasse der Brief einer Textilfabrik verlesen wurde, die Lehrlinge für die Farbküche der Textildruckerei suchte, und als unser Klassenvorstand den Satz vorlas, die Bewerber sollten an Chemie Interesse haben, habe ich zum ersten Mal das Unvermeidbare nicht nur negativ gesehen und habe zum ersten Mal etwas *dafür* getan: Ich habe mich sofort, als einziger der Klasse, gemeldet. Der Lehrer hatte ohnedies schon an mich gedacht. Das sei sicher ein schöner Beruf, meinte er. Ich mußte den Brief noch während der Stunde in die zweite vierte Klasse unserer Schule tragen, damit er auch dort verlesen werde. Den Nebensatz, daß die Bewerber an Chemie Interesse haben *sollten,* habe ich als Kernsatz des Briefes, als erste Bedingung für eine Aufnahme angesehen: Sie *müssen* Interesse haben, hatte ich verstanden, und so hielt ich mich auch gleich für den einzigen wirklich legitimen Anwärter. Die Vorstellungen, die ich mir sofort von diesem Beruf machte, hatten mit dem Inhalt des Briefes nichts zu tun, ebensowenig wie der Inhalt des Briefes, dort wo er den Beruf beschrieb, etwas mit der Wirklichkeit zu tun hatte. Auf dem Gang, auf dem Weg zur anderen Klasse, war ich ganz kopflos und wollte den Brief verschwinden lassen. Ich wollte mir dieses unwahrscheinliche Glück nicht gleich wieder durch andere Bewerber abspenstig machen lassen. Natürlich war meine Angst vor Strafe größer, und ich habe den Brief ordnungsgemäß abgegeben. Es hatte, wie ich in der Pause erfuhr, ohnedies niemand Interesse. Auf den Gedanken, daß so ein Brief auch an andere Schulen geschickt worden sein könnte, bin ich gar nicht gekommen.

Meine Mutter hatte sofort Einwände. Daß sie sich unter diesem Beruf nichts vorstellen konnte, hielt sie nicht ab, sondern stachelte sie eher noch an. Sie kannte niemanden, der so etwas gewesen wäre. Also konnte es kein ordentlicher Beruf sein. Und dann war es ihr auch zuwider, mich in der Möbelfabrik wieder von der Liste streichen zu lassen und dem Betriebsratsobmann, den zu bitten sie Überwindung genug gekostet hatte, jetzt gleich wieder mitzuteilen, daß sie seine Unterstützung nicht mehr brauche. Aber ich konnte nicht mehr locker lassen. Ich hätte es verrückt und unerträglich gefunden, jetzt noch Tischler zu werden, wo sich mir die sicher einmalige Chance geboten hatte, daß sich mein Wunsch mit einer Möglichkeit traf.

Sie ging zwar mit, als ich mich in der Textilfabrik vorstellen mußte, versuchte aber trotzdem bis zum Schluß, mich zu dem zu bekehren, was auch örtlich näherlag. Schau, sagte sie, da hättst du es nicht weit, da könntest zu Fuß hingehen, und als Tischler kannst dir alles selber machen. Sie gab erst auf, als es sicher und abgemacht war, daß ich Textildruckerlehrling werden würde.

An einem Sonntagnachmittag stehe ich vor dem Spiegel und stelle mir vor, das Gesicht, das mir da entgegensieht, sei ein ganz fremdes. Ich versuche Wörter zu diesem Gesicht zu finden, würde gerne hart, verwegen, abenteuerlich dazu sagen, aber ich kann nichts davon entdecken. Der Trost, der mir sofort einfällt, daß das alles mit den Jahren noch kommen wird, macht mich nur noch ungeduldiger. Andere in meinem Alter haben schon das ganze Gesicht voller Pickel. So fängt die Männlichkeit an. Das ist ein wirklicher Beweis und nicht nur der Ersatz eines Beweises wie Zigarettenrauchen und Biertrinken.

Ich hole mir das Rasiermesser meines Großvaters, klappe es auf und halte die Schneide dicht neben mein Gesicht. Als ich mich so im Spiegel sehe, habe ich deutlich das Gefühl, mich zu etwas Endgültigem entschlossen zu haben. Wie von selbst zieht sich das Rasiermesser zwei, drei Zentimeter weit über meine rechte Wange. Ich sehe mit angehaltenem Atem zu, wie sich entlang des Schnittes winzige Blutperlen bilden, die immer größer, zu Tropfen werden und über meine Wange rinnen. Das muß sich erst einmal einer trauen, denke ich. Der Alaunstift, mit dem ich die Blutung stille, brennt heftig, aber ich bin froh, daß er brennt. Weil der Schnitt auf einige Schritte Entfernung überhaupt nicht zu sehen ist, setze ich knapp daneben einen zweiten und verbinde die beiden langen Schnitte mit einer Reihe von kurzen. Es dauert lange, bis es zu bluten aufhört, aber dann bin ich sicher, die Wörter, die mir zuerst unpassend erschienen sind, zu meinem Gesicht sagen zu können. Den Rest des Nachmittags gehe ich durch den Ort mit der Vorstellung spazieren, jeder werde die Veränderung in meinem Gesicht anerkennend bemerken. Daß ich eine Ausrede erfinden muß, um die Verletzung vor meiner Mutter zu rechtfertigen, kommt mir dann ganz unter meiner neuen Würde vor.

(Die Schnitte sind rasch verheilt und haben zu meinem Bedauern keine Narben hinterlassen. Ungefähr ein Jahr später habe ich mir – auch an einem Sonntagnachmittag – mit einem Stechzirkel einen Anker auf den rechten Unterarm tätowiert. Obwohl ich mit aufgekrempelten Ärmeln durch den Ort gelaufen bin, hat auch diesmal niemand die Veränderung an mir bemerkt, und jeder hat mich ohne weiteres als den genommen, der ich vorher gewesen bin. Es ist mir peinlich gewesen, erst mit Reden auf die Änderung aufmerksam machen zu müssen.)

Ich bin viel zu früh dran. Es ist zwanzig vor sieben. Ich steige von meinem Rad und schiebe es an der Portiersloge vorbei in den Hof. Ich schaue mich nach einem Platz um, wo ich es unterstellen kann. Der Portier kommt aus seinem Kobel geschossen, halt, schreit er mir nach, was willst denn du da. Er ist klein und hat goldene Knöpfe an der Uniform. Ich gehe zurück, stehe vor ihm, na und grüßen, blöder Bub, sagt er, kannst mir scheints auch nicht. Guten Morgen, sage ich. Na und was willst da, fragt er. Ich fange heute da als Lehrling an, sage ich. Er glotzt mich an, na Hawedere, sagt er, da fängst ja gut an. Ich zucke die Schultern. Was geht denn mich der Portier an, denke ich. Benehmen, sagt er, hast nämlich keins. Er zeigt mir, wo ich mein Rad unterstellen kann. Der Herr Werner, sagt er, ist noch nicht da. Ich muß in der Portiersloge warten. Obwohl es außer dem Sessel, auf dem der Portier sitzt, noch zwei Sessel gibt, wage ich mich nicht niederzusetzen, weil der Portier gesagt hat, stell dich da her und wart.

Bald nach mir kommt Walter, der auch als Lehrling anfängt. Der Portier fährt auch ihn an, obwohl Walter recht freundlich gegrüßt hat. Was, sagt der Portier, mit so einem Gewand kommst daher? glaubst bei uns ist Firmung? na, du wirst schon draufkommen.

Ein paar Minuten vor sieben kommt der Herr Werner. Zu Fuß. Er ist der jüngste der drei Firmenbesitzer und Direktor der Druckerei. Der Portier nimmt beim Grüßen die Kappe ab.

Wir gehen mit dem Herrn Werner in sein Büro. Er redet was

von einem entscheidenden Lebensabschnitt und was die Firma die Tests gekostet haben, mit denen unsere Brauchbarkeit festgestellt wurde. Erwartungen, sagt er, hat er, berechtigte Erwartungen. Und wenn wir was auf dem Herzen haben, können wir immer zu ihm kommen. Zum Schluß gibt er jedem ein dickes, blaues Buch: ›Der Textildruck‹ steht darauf; in unserer Freizeit, versprechen wir, werden wir das immer lesen. Dann ruft er den Scholz, den Druckereileiter, an. Der ist mir auf den ersten Blick unsympathisch. Fett ist er und schwammig, mit einer Speckfalte im Nacken, und er schaut, als möchte er uns ein Geständnis entlocken. Er soll uns die ganze Textildruckerei zeigen. Der Herr Werner sagt noch was von einem selbstverständlichen Gehorsam, worauf der Scholz einen ganz zufriedenen Blick kriegt.

In zehn Minuten schleppt uns der Scholz durch die ganze Fabrik. Alle grüßen ihn sehr freundlich. Von seinen Erklärungen verstehe ich überhaupt nichts. Als ich frage, womit denn die bedruckten Stoffe da appretiert werden, läßt er eine Weile einen Wust technischer Ausdrücke los und sagt dann plötzlich, aber das ist eh ganz wurscht für dich, da wirst eh nicht arbeiten.

Dann geht er mit uns in die Druckhalle. So, sagt er, da schauts jetzt einmal zwei Wochen zu, damits was lernts. Mir fällt ein, daß der Herr Werner davon geredet hat, wir würden alles von der Pike auf lernen. Und daß mir keine Klagen kommen, sagt der Scholz, nachdem er mich dem rechten und Walter dem linken Drucktisch zugeteilt hat. Ich bin froh, daß er weg ist, will das schon zu Walter sagen, halte mich aber im letzten Augenblick zurück. So gut kenne ich ihn schließlich noch nicht. Wir haben ja nur die Tests miteinander gemacht.

Ich laufe neben meinem Drucker her, den langen Tisch, auf dem die zu bedruckenden Stoffbahnen aufgespannt sind, hinauf und hinunter. Weißt eh, sagt der Drucker, Freude hab ich keine mit dir, weil ich habs im Akkord. Aha, sage ich, weiß aber nicht, was er damit meint.

Am Anfang kommt mir alles sehr kompliziert vor, aber nach einer Viertelstunde weiß ich alles, was beim Mitlaufen zu lernen ist. Der Drucker macht ja nur, was der simple Druckapparat nicht selbst tun kann. Drucker, denke ich schon, möchte ich auch nicht gerade sein. Von sechs in der Früh bis zwei am Nachmittag oder in der Nachmittagsschicht von zwei bis zehn den Tisch entlang, auf und ab. *Linken Arm nach links bewegen,* wodurch sich die Schablone vom Stoff abhebt und die Verriegelung des Wagens löst, *zwei Schritte gehen,* wobei der Wagen auf Schienen mitläuft, *stehenbleiben* und *linken Arm nach rechts,* wodurch der Wagen einrastet und die Schablone sich senkt, *rechten Arm* mit dem Rakel, in dem die Druckfarbe ist, *vor und zurück,* wodurch gedruckt wird: alles ungefähr dreißigmal auf einer Tischlänge. Zur Abwechslung *Farbe nachgießen.* Trottelarbeit, sage ich mir, und es beruhigt mich, daß die Drucker angelernte Hilfsarbeiter sind. Als Lehrling bin ich etwas Besseres. Glaube ich.

Der Arbeitsrhythmus prägt sich so ein, daß ich nach kurzer Zeit auch mit geschlossenen Augen mitlaufen könnte und doch immer im richtigen Abstand und zum richtigen Zeitpunkt stehenbleiben würde. Ich stelle mir vor, daß die Drucker, wenn sie die ganze Schicht lang die gleichen Bewegungen gemacht haben, auch nach der Arbeit nicht damit aufhören können und sich auch auf der Straße so weiterbewegen. Ich stelle mir vor, daß alle Leute so gehen und finde den Gedanken so lustig, daß ich zu kichern anfange. Der Drucker schaut mich verständnislos über die Schulter an. Ist da leicht was lustig dabei, sagt er. Ich erzähle ihm, was ich mir vorgestellt habe. Er zuckt mit den Schultern, fängt aber nach einigen Metern laut zu lachen an. Die Leut, sagt er, täten sich anscheißen vor Lachen.

Die paar Fragen, die ich habe, Fragen nach den Namen irgendwelcher Dinge, nach technischen Einzelheiten des Druckvorgangs, kann er mit ein paar Sätzen, technischen Bezeichnungen und Zahlen erledigen. Sonst redet er fast nicht. Er hört auch nicht immer zu.

Einige Zeit interessiert mich noch das entstehende Muster. Aber weil es sich alle eineinhalb Meter bis zum anderen Ende der Halle wiederholt, fünfzig-, sechzigmal, wird es mir bald schwierig, mich darauf zu konzentrieren, es überhaupt als Muster wahrzunehmen und nicht nur als sinnlose Farbflecken und Linien. Ich zwinge mich immer wieder, das Muster zu sehen. Ich will ja was lernen, sage ich mir. Wenn ich mich dabei ertappe, schon wieder nicht aufgepaßt zu haben, komme ich mir wie ein Betrüger vor. Aber es wird mir bald gleichgültig. Als ich merke, daß ich innerhalb von zwanzig Minuten dreimal auf die Uhr geschaut habe, bekomme ich ein Gefühl wie Angst. Aber der Scholz, denke ich, hat das sicher nicht ernst gemeint mit den zwei Wochen.

Nach der Mittagspause, in der ich mit dem Rad nach Hause fahre, das Essen hinunterwürge und auf die erwartungsvolle Frage meiner Mutter, na wie ist es, nur: jaja, sage und dann schon wieder in die Fabrik zurückfahre, nach einer weiteren Stunde Zuschauen, was ich schon auswendig kann, ist Schichtwechsel.

Der neue Drucker redet wie ein Buch. Er erzählt mir was von seiner Kaninchenzucht, zweiundfünfzig Stück hat er, lauter Graue Riesen, vor kurzem hat er die Ställe mit Linoleum ausgelegt, weil ein Kaninchenstall, sagt er, ist bei mir kein Schweinestall. Wenn er wollte, könnte er Preise kriegen, aber er will nicht. Leider ist der letzte Wurf eine Inzucht. Er hat einen Moment nicht aufgepaßt und den Stall offengelassen, und da hat der Bruder die Schwester gleich gehabt, und schon wars passiert. Aber ist ja eh wurscht, sagt er, ich laß sie ja eh nicht studieren. Bei dem, denke ich, wird mir die Zeit schneller vergehen. Aber nach einer Stunde werden seine Sätze langsamer, manchmal wiederholt er einen Satz vier-, fünfmal, und bald läuft er genauso stumpfsinnig den Tisch entlang wie sein Vorgänger. Ich frage ihn ein paarmal, ob er mich das Drucken auch einmal probieren läßt. Er erlaubt es mir immer nur ein paar Meter weit und sagt dann, komm, laß mich wieder her, sonst komm ich nicht auf meine Zeit. Neben der Fabrik ist ein Wirtshaus. Wenn man mit einem Eisenstück gegen die Blechverkleidung des Fensterrahmens schlägt, kommt der Wirt, und man kann etwas bestellen, ohne aus der Druckhalle gehen zu müssen. Ich kaufe mir eine große Flasche Cola und teile den restlichen Nachmittag in neun Teile, indem ich jede Viertelstunde ein paar Schlucke mache.

Obwohl ich gar nicht müßte und der ausdrückliche Befehl des Scholz: nur zuschauen geheißen hat, helfe ich den Druckereihelferinnen bei der Arbeit. Ich bin froh, daß sie mich nicht so wie die Drucker abweisen, sondern bereitwillig nach dem Ausdrucken einer Stoffbahn den Drucktisch mitschrubben, Farben aus der Farbküche holen und die benutzten Schablonen in den Waschraum tragen lassen. Daß das wer freiwillig macht, sagt eine zu mir, hätte sie nie geglaubt. Aber alles ist besser, als nur neben dem Drucker herrennen. Den Druckern ist es auch recht, denn dadurch verkürzt sich die Umrüstzeit, und sie können ein paar Minuten früher zu drucken anfangen. Mittlerweile weiß ich, was Akkord ist. Obwohl der mit der Kaninchenzucht zu mir gesagt hat, bei dem Tempo kommt er jetzt bald nicht mehr mit, er kann eben nicht mehr so rennen wie die Jungen, obwohl er gesagt hat, lang dauerts nicht mehr, dann rennt ein Junger statt ihm und er kann stempeln gehen, ist es für mich eine vernünftige Sache: mehr arbeiten und dafür mehr bezahlt kriegen.

Ich wäre viel lieber am anderen Tisch. Die einzige Helferin, die nicht schon in einem Alter ist, das ich nicht mehr abschätzen kann, arbeitet in der Nachmittagsschicht am Tisch von Walter. Der ist aber eh noch zu kindisch, meine ich, als daß er das bemerkt.

Ihren Namen finde ich blöd, Lawatschka heißt sie. Ihren Vornamen weiß ich nicht. Aber sie ist höchstens zwanzig. Sie ist immer gut aufgelegt, grinst mich oft an, und wenn sie mit mir redet, habe ich das Gefühl, daß sie mich für voll nimmt. Vielleicht wärs ihr auch lieber, meine ich, wenn ich an ihrem Tisch wär, weil der Walter ist ja ein Witz gegen mich. Mit seinen gekrausten roten Haaren schaut er aus wie ein gefärbtes Schaf. Cibantinbrillantorange *FRKS* ist das, sagt der Freisler aus der Farbküche.

Wenn an ihrem Tisch eine fertig bedruckte Stoffbahn zum Trocknen über dem Tisch hochgezogen wird, schaue ich immer, daß ich schnell in ihre Nähe komme. Durch das weite Armloch ihres Pullovers starre ich dann, wenn sie die Arme über den Kopf hochhebt, auf das Stück nackte Brust, das zum Vorschein kommt. Beim ersten Mal bin ich nachher gleich aufs Klo gegangen, aber weil in der Nachbarkabine einer gesessen ist, habe ich nur geschifft. Jetzt mache ich gar keinen Versuch mehr, sondern hebe es mir für den Abend auf.

Ich überlege oft, welchen Gefallen ich ihr tun könnte. Aber von meinem Tisch aus kann ich für sie wenig machen. Die Colaflasche, die ich ihr zum Trinken anbiete, lehnt sie ab. Meine Hoffnungen sinken dadurch sofort auf den Nullpunkt, steigen aber gleich wieder, als ich sehe, daß sie aus der Libellaflasche ihres Druckers trinkt, und ich mir denke, daß sie bloß Cola nicht mag.

Am nächsten Nachmittag halte ich ihr eine Libellaflasche hin. Früher habe ich immer gesagt, das ist ein Brunzwasser, aber jetzt finde ich es nicht einmal so übel. Gern, sagt sie und nimmt die Flasche, ich bin eh ganz trocken. Sie muß es bemerkt haben, denke ich und schaue sie gespannt an. Sie trinkt aber nur ein paar kleine Schlucke und sagt, wennst dir jeden Tag so eine Flasche kaufst, wirst mehr versaufen, als du am Ersten herauskriegst. Sie hats gemerkt, denke ich. Das kann ich mir noch immer leisten, sage ich schnell.

Beim Tischwaschen, bei dem immer beide Helferinnen einer Schicht zusammenarbeiten und bei dem ich mithelfe, schrubbe ich immer auf derselben Seite wie die Lawatschka. Die zufälligen Berührungen, die dabei nicht zu vermeiden sind, fange ich an, als vielleicht doch nicht so zufällig anzusehen. Fünf Jahre, denke ich, soviel Unterschied ist das gar nicht. Ihr Vorname: Franziska, gefällt mir auch nicht. Ich könnte Franzi zu ihr sagen, aber das sagt schon ihr Drucker.

Am Freitag der ersten Woche wird am Nebentisch nachmittags nicht gedruckt, weil der Gummibelag des Tisches aufgerissen ist. Walter darf in die Farbküche Farben rühren gehen. Ich renne neben meinem Drucker her und schaue so aufmerksam, als gäbe es was Neues zu sehen, weil der Scholz zuerst ganz aufgeregt über den Riß in der Halle herumgelaufen ist und alle angebrüllt hat, die ihm in den Weg gekommen sind. Dem Drucker und der Franzi, die ratlos herumgestanden sind, hat er irgendeine Arbeit angeschafft, sie irgendwohin gescheucht, blöd schauen und auch noch Geld dafür nehmen, hat er gebrüllt. Jetzt sieht er den zwei Männern, die den Riß vulkanisieren, auf die Finger und gibt ihnen Ratschläge, obwohl er sicher nichts davon versteht. Ich bin froh, als mich mein Drucker in den Keller gehen läßt, um die Schablonen für den nächsten Druck zu holen.

Aus der Garderobe hole ich mir Zigaretten und Zünder. Ich rauche jetzt Astor, die auch der Herr Werner raucht. Im Keller, meine ich, ist sicher niemand, und außerdem riecht man es dort nicht gleich. Der Keller ist sehr groß, überall sind die blaugestrichenen Schablonen aufgestapelt. Ich gehe sehr leise herum, setze mich dann hinter einen Stapel und zünde die Zigarette an. Wenn der Herr Werner wüßte, denke ich, daß ich die gleichen Zigaretten rauche wie er, tät er sich sicher anscheißen. Plötzlich höre ich ein Geräusch, das sich anhört wie Jammern. Ich trete schnell die Zigarette aus und tue so, als würde ich die Nummern der Schablonen des Stapels neben mir lesen. Ich höre immer wieder Geräusche und dann auf einmal ein lautes Stöhnen, da ist wem was passiert, denke ich und gehe auf das Geräusch zu. Zwischen zwei Stapelreihen sehe ich eine Bewegung, das Stöhnen wird immer lauter, und dann sehe ich jemanden liegen, und ich spüre, wie ich Angst bekomme. Ich schleiche mich ganz vorsichtig heran: Die Franzi liegt auf einem Haufen Fetzen und über ihr ihr Drucker. Der vergewaltigt sie, denke ich und will davonrennen, aber dann sehe ich, daß sie ihn festhält, sie zuckt und stöhnt und auf einmal sagt der Drucker, plärr nicht so, blöde Sau, wenn wer kommt. Ich gehe ganz leise zurück, mir ist zum Heulen, so eine Hur, denke ich, so eine Hur, und dann kriege ich eine Wut, ich gehe bis zur Tür, mache sie auf und schlage sie ganz laut wieder zu und trete gegen eine Schablone, die neben der Tür lehnt. Das Sieb der Schablone zerreißt laut knirschend, und sofort fällt mir ein, daß der Scholz gesagt hat, so ein Sieb kostet ein Vermögen. Ich verstecke die zerfetzte Schablone hinter einem Stapel und gehe dann pfeifend zwischen den Reihen herum. Nach einer Weile taucht die Lawatschka auf, sie ist noch ganz rot im Gesicht. Na, sagt sie und lacht mich an, welche Schablone suchst denn? Ich drehe mich weg. Ich finds eh allein, sage ich.

In der nächsten Woche, in der sie Frühschicht hat, gehe ich, wenn es zum Schrubben kommt, immer aufs Klo, um ihr nicht zu nahe zu kommen. Ich habe das Gefühl, sie damit bestrafen zu können. Weil es außer im Garderoberaum überall verboten ist zu rauchen, ist das Klo meistens ganz dick verqualmt. Als der Scholz einmal nach mir hineingeht, kommt er sofort wieder heraus, Rotzbub, schreit er, rauchen tust auch schon. Meine Unschuldsbeteuerungen bezeichnet er sofort als Frechheit. Das ganze Häusl ist eingenebelt, schreit er, und mir will er erzählen, er raucht nicht.

Ich verzichte dann zwar aus *Berechnung* darauf, mich weiter zu verteidigen, weil ich sehe, daß das den Scholz nur noch mehr in Wut bringen würde, aber meine Rechnung geht nicht auf: Der Scholz ist unbestechlich und ändert seine Meinung, daß ich mich vor der Arbeit drücke, nicht mehr.

Meine Zufriedenheit, in der Farbküche endlich etwas zu tun zu haben und nicht nur zu warten, daß der Tag vergeht, hielt nur so lange, als es mir gleichgültig war, was ich tun mußte. Sie hielt nicht einmal bis zur Mittagspause meines ersten Tages in der Farbküche. Außer Farben rühren und benutzte Gefäße abwaschen ließ man mich ja nichts tun. Allenfalls noch etwas aus dem Magazin holen. Und ich hätte nie geglaubt, daß man bei so einfachen Arbeiten auch etwas falsch machen könnte.

Der Scholz, der seinen Schreibtisch in der Mitte der Farbküche hatte und der offenbar, was mir zuerst unverständlich war, nichts anderes zu tun hatte, als eben da zu sein, der Scholz fand Fehler, fand Nachlässigkeiten, sooft er mir nur in die Nähe kam. Und er kam ständig. Walter, der in den beiden allerersten Wochen öfter in der Farbküche hatte helfen müssen, durfte schon »bessere« Arbeiten verrichten: Farbmuster im Schwefelsäurebad entwikkeln, Farbverdickungen anrühren. Er wurde zwar bei jeder Gelegenheit vom Scholz wegen seiner roten Haare verspottet, aber gerade das bewahrte ihn, wahrscheinlich weil der Scholz doch ein schlechtes Gewissen deswegen hatte, vor anderen Angriffen. Bei mir schien den Scholz schon meine bloße Anwesenheit rabiat zu machen. Ich schaffte es nicht, zu gehen, wie er gegangen haben wollte: man konnte mir dabei die Schuhe doppeln; oder, wenn schon das nicht, dann rannte ich herum wie ein Verrückter. Sagte er. Und ich schaffte es nicht, zu antworten, wie er geantwortet haben wollte: ich war frech wie eine Wanzen; brachte mein Maul nicht auf; hatte keinen Respekt; versuchte, ihm um den Bart zu gehen (aber es wird mir einen Schmarren nützen, sagte er); hielt ihn wohl für ganz blöd; kam mir wohl sehr gescheit vor; nahm alles auf die leichte Schulter; schiß mich wegen jedem Dreck an. Sagte er auch. Aber nicht nur der Scholz war so. Für mich war keiner besser, außer vielleicht die Frauen, weil jeder in der Farbküche mit Ausnahme der Lehrlinge was war. Was Besseres. Der Köhler, den ich vom Baden her kannte und der sich auf einmal mit Sie anreden ließ. Der Freisler, der immer so tat, als könne er wegen des Scholz' nicht anders und der keinen Fehler, den ich machte, stillschweigend in Ordnung gebracht hätte. Er hob sich seine Vorwürfe immer auf, bis der Scholz in der Nähe war und aufmerksam werden mußte.

Zuerst lernte ich, die Farbküche sauber zu machen, und wenn ich am einen Ende fertig war, konnte ich gleich wieder am anderen anfangen, Dreck gab es genug: eine Arbeit, die nur der Scholz unterbrechen und als Strafe wieder aufnehmen lassen konnte und die mir erst dann nicht mehr so oft drohte, als wir – obwohl das für Lehrlinge verboten war – schichtarbeiten mußten, als meine Arbeitskraft schon ihren kalkulierten Platz im Arbeitsablauf der Fabrik hatte, als ich nur noch Lehrling hieß, aber nichts mehr lernen konnte, außer mich auch noch verantwortlich zu fühlen. (Was ich nie gelernt habe.)

Weil das, was ich tun mußte, mit der Chemie, wie ich sie mir vorstellte, nichts gemeinsam hatte, habe ich auf die ständig mit Farbe und Verdickung vollgespritzten Kannen, Büchsen und Flaschen nach ihrer Reinigung neue Schildchen geklebt, auf die ich auch die entsprechenden chemischen Formeln geschrieben hatte. Ich war stolz darauf und wenn ich in die Regale geschaut und die chemischen Formeln gesehen habe, ist mir vorgekommen, als sei doch alles ein wenig so, wie ich es erhofft hatte. Den Scholz haben die neuen Schildchen geärgert, weil wir, hat er geschrien, für solche Blödheiten keine Zeit haben.

Als ich täglich Hände hatte wie eine Waschfrau und wütend war, weil Walter eindeutig bevorzugt wurde, hatte ich wenigstens noch die Hoffnung, dann, später, wenn auch ich die Arbeiten würde verrichten dürfen, die die anderen jetzt taten, dann würde alles schon noch werden. Diese Arbeiten kamen mir im Vergleich mit den meinen interessant und abwechslungsreich vor, schienen mit meinen Vorstellungen, die ich mir gemacht hatte, als der Brief in die Schule kam, etwas zu tun zu haben. Als ich sie aber dann wirklich machen durfte, mußte, sah ich, daß der Unterschied höchstens darin bestand, daß man sich etwas weniger schmutzig machte, daß einem die Hände weniger aufquollen als über der Riesenabwasch und daß sie Möglichkeiten für Fehler boten, die der Scholz nicht erst zu erfinden brauchte.

Ich lernte, Farben und Verdickungen nach Rezepten zusammenzumischen. Als ich das erst hie und da machen durfte, interessierte es mich, weil dazu verschiedene Chemikalien verwendet wurden. In dieser Zeit fing ich auch damit an, von allen Chemikalien, die es in der Farbküche gab, nach und nach kleine Mengen für mein »Labor in der Kiste« mit nach Hause zu nehmen. Ich tat das von Anfang an heimlich, weil ich fürchtete, man werde es nicht erlauben und dann ein Auge auf mich haben, daß ich nicht doch etwas mitgehen ließe. Jeden Tag nahm ich mir vor, eine andere Chemikalie abzuzweigen. Weil ich ständig auf die günstige Gelegenheit lauern mußte und deswegen auf meine Arbeit nicht so achtete, konnte ich die widerwärtigsten Tätigkeiten gleichgültig verrichten. Ich sammelte die Chemikalien zu Hause wie Briefmarken, ohne mit ihnen etwas anzufangen, außer sie vor mir aufzureihen und anzuschauen. Ich habe mir immer gesagt, bevor ich nicht alle habe, kann ich nicht beginnen. Als ich dann schon alle hatte, fiel es mir immer schwerer, meine Arbeit als *notwendiges Übel* anzusehen, und es kam immer häufiger vor, daß ich *freche Antworten* gab. Erst nachdem der Herr Werner mir versprochen hatte, daß ich *irgendwann* die im Magazin liegenden, unbenützten Laborgeräte bekommen würde, bemühte ich mich eine Zeitlang wirklich wieder, *ihre* Vorstellung, wie ein Lehrling zu sein hat, zu erfüllen.

Ich habe auf einem Zettel alle Geräte aufgeschrieben, die ich mit Namen kannte, und den Zettel dem Herrn Werner gegeben. Er hat ihn mir durch den Scholz zurückbringen lassen. Zuerst sollst einmal die Fehler ausbessern, hat der Scholz gesagt. Ich hatte Vakuumexsikkator ohne S und mit nur einem K geschrieben. Der Scholz hat den neuen Zettel dann wieder hineingetragen. Am selben Tag, ich hatte gerade Nachmittagsschicht, bin ich heimlich in das Zimmer des Herrn Werner gegangen, habe den Zettel gesucht und darüber die Worte geschrieben: Sehr geehrter Herr Werner! Ich bitte Sie um folgende Apparate. Zuerst hatte ich ›Lieber Herr Werner‹ schreiben wollen. Aber das ist mir dann doch unpassend vorgekommen.

Obwohl ich mich wirklich bemühte, half es nichts. Der Scholz war längst überzeugt, daß ich ein aufsässiger Charakter sei, und er gab mir genau die Arbeiten, die es mir schwer machten, klaglos zu funktionieren. Als ich dann einmal gemurrt habe, daß immer ich die Farbküche aufwaschen müßte und Walter nie, *versprach* er mir, er werde dem Herrn Werner berichten, wie arbeitsscheu ich sei. Das chemische Zeug aus dem Magazin, sagte er, kannst gleich in den Rauchfang schreiben; und mir wurde klar, daß ich die Apparate nicht *umsonst* bekommen würde. Ich habe sofort beschlossen, auf die paar Glasdinger zu verzichten. Allerdings habe ich dann nur auf die Geräte verzichtet, von denen es im Magazin nur je ein Stück gab oder die zu groß zum Einstecken waren. Bei den anderen, habe ich gedacht, wird es eh nicht auffallen, wenn eins fehlt. (Es ist wirklich nicht aufgefallen.)

Ich lernte während der ersten Monate praktisch nur die Farbküche auswendig, lernte, wo alles stand, um dann die benötigten Farben und Verdickungen möglichst schnell herstellen zu können. Das Interesse an dem, was ich zusammenmischte, verschwand dabei vollständig. Mit derselben Gleichgültigkeit hätte ich Sand mit Wasser oder Mehl mit Wasser zusammengewogen.

Als ich dann schon fest in den Mechanismus der Fabrik eingespannt war und mich schon fast daran gewöhnt hatte, etwas zu tun, woran ich in meiner Freizeit nicht einmal denken wollte, tröstete mich manchmal, daß ich wenigstens wegen des geforderten schnellen Arbeitstempos mitunter auf die Uhr vergaß.

Die ersten zwei Wochen meiner Lehrzeit, in denen ich unzufrieden, aber noch voll Hoffnung neben dem Drucker in der Druckhalle hergelaufen war, habe ich später als Galgenfrist bezeichnet.

Damals waren mir die Sonntage verhaßt, weil ich meine Sonntagskleidung gehaßt habe. Am Sonntag zog man sich schön an, und kaum etwas wäre so *unmöglich* gewesen, wie Wochentagskleidung an einem Sonntag. Weil man sich nicht schmutzig machen durfte, da sonst die Sonntagskleidung bald nach Wochentagskleidung ausgesehen hätte, mußte man bei allem, was man unternehmen wollte, schon vorher kalkulieren, ob man dabei nicht schmutzig werden würde. Und später, als ich mich schon von selbst, ohne ermahnt zu werden, nicht mehr schmutzig machte, ich schon selbst darauf Wert legte, an Sonntagen schön angezogen zu sein, haßte ich meine Sonntagskleidung, weil sie stets unmodern war.

Ich hatte noch einen langen, bis über die Knie reichenden Mantel, während alle meine Freunde schon kurze Mäntel trugen. Meine Mutter hatte mir den Mantel gekauft, als er schon unmodern war. Die kurzen schauen ja nichts gleich, sagte sie. Doch als ich diese Begründung widerlegt hatte, kam sie wie immer mit der letzten Instanz, *wir können uns das nicht leisten,* sagte sie, was sofort alle meine Gegenargumente abwürgte. Ich habe mich geniert, so einen langen Mantel zu haben und habe versucht, ihn zehn Zentimeter einzuschlagen, kürzer zu machen, probeweise mit Sicherheitsnadeln, aber der Stoff war zu dick, so daß unten ein abstehender Wulst entstand, der erst *nichts gleichsah.* Weil wir eine Nähmaschine im Haus hatten, habe ich meine Mutter gebeten, mir den Mantel zu kürzen. Es wäre für sie nicht schwer gewesen, doch sie sagte, es sei *schade,* soviel Stoff wegzuschneiden. An den Sonntagen im Herbst und Winter, an denen ich nicht umhin konnte, den Mantel zu tragen, bin ich nicht gerne aus dem Haus gegangen, weil ich fürchtete, den Mädchen zu begegnen, die mir gefielen.

Und ich hatte auch noch runde Schuhe, während alle schon spitze (Milano) hatten. Die spitzen hätten nicht mehr gekostet als die runden, doch als die spitzen anfingen, modern zu werden, gefielen sie meiner Mutter nicht, sie sagte, das sei eine schlechte Qualität, die würden nicht lang halten, und wir könnten uns nicht gleich wieder welche leisten. Daß mein Bruder schon spitze Schuhe hatte, durfte für mich längst kein Grund sein, auch welche zu wollen, denn der *verdiente* doch schon was.

Mein Sonntagsanzug war ein umgearbeiteter Knickerbockeranzug meines Vaters mit gestickten Eicheln auf der Jacke. Es soll ein schöner Anzug gewesen sein, der Lieblingsanzug meines Vaters, doch als ich ihn hatte, trug kein Mensch mehr so was im Ort. Als meine Mutter mit mir zum Schneider ging, um für mich eine lange, *fast neue* Hose meines Großvaters umändern und ein neues Sakko machen zu lassen, dachte ich, nun könne ich endlich auch an Sonntagen durch den Ort gehen, ohne die Hauptstraßen und Plätze meiden zu müssen, an denen viele Leute zusammenkamen. Die Hose war mir aber dann viel zu groß – vielleicht dachte man, ich würde dreinwachsen –, und der Bug lief nicht vorne, sondern außen seitlich. Wenn ich die Hose anhatte, mußte ich immer die Hände in die Taschen stecken, damit der Bug nach vorne kam. Ich war fünfzehn. Da ging man bei uns im Ort zu den ersten Tanzveranstaltungen, zum Fünfuhrtee. Ich habe mich nicht tanzen getraut, weil ich ja dabei die Hände nicht in den Taschen haben konnte und es ausgesehen hätte, als seien meine Beine verdreht. Ich bin die ganze Zeit gehockt und habe mich geniert, durch den Saal zu gehen, wenn ich aufs Klo mußte. Ich habe immer erst eine oder zwei Flaschen Bier trinken müssen, bevor ich mich getraut habe. Ich bin bei jeder dieser Tanzveranstaltungen betrunken gewesen.

Ich mache zusammen mit Walter Musterstreifen von neuen Farben. Dazu müssen wir von einem großen Stoffballen schmale Streifen abschneiden. Wir machen das so, daß schließlich ein paar Meter unbrauchbarer Stoffverschnitt entstehen. Als es der Scholz entdeckt, ist er so außer sich darüber, daß er, als er uns abkanzeln will, nur stammeln kann. Schließlich nimmt er den Stoffballen unter den Arm und stürmt in das Büro des Herrn Werner. So eine Sauerei, keucht er, so eine Sauerei. Wir hören zu arbeiten auf und warten. Jetzt kriegen wir einen Anschiß, der was sich gewaschen hat, sagt Walter, dessen Sommersprossen deutlicher als sonst zu sehen sind. Aber geh, sage ich, wegen der paar Meter, der Scholz spielt sich ja nur auf. Na wirst sehen, sagt er. Dann wissen wir nicht mehr, was wir noch reden sollen. Gleich darauf holt uns der Scholz. Er sagt kein Wort, sondern deutet nur mit dem Zeigefinger. Von der Tür zum Schreibtisch des Herrn Werner sind es mindestens zehn Meter, aber so weit kommen wir garnicht. Ja wie blöd seids denn ihr eigentlich, brüllt er uns an, das ist ja schon keine Blödheit mehr, eine Frechheit ist das, stößt er mit einem Finger auf seinen Schreibtisch, wo der Scholz den von uns verschnittenen Stoff ausgebreitet hat. Er will eine Rechtfertigung von uns hören, aber wir stehen mit gesenktem Kopf da und sagen nichts. Das zieh ich euch ab, schreit der Herr Werner, ihr dreckiges Pack ihr, ihr dreckiges Pack. Der Scholz steht augenrollend daneben und nickt mit dem Kopf. Ich schaue an mir hinunter: Meine Schürze und meine Schuhe sind wirklich von oben bis unten mit Farbkrusten und Verdickungsschlieren bedeckt: dreckig. Und jetzt arbeitets was, schreit der Herr Werner, aber ordentlich, und wir schleichen grüßend hinaus.

Am Nachmittag erzähle ich den Vorfall meiner Mutter. Drekkiges Pack, sage ich, hat er uns genannt, stell dir das vor. Meine Mutter schüttelt ungläubig den Kopf. Geh, sagt sie, der Herr Werner? Ja, sage ich, und weißt du, was ich ihm für eine Antwort gegeben hab? Warst vielleicht gar frech, fragt sie. Ich habe ihn angeschrien, sage ich, wir sind von Ihrem Dreck dreckig, Herr Werner. Und, fragt meine Mutter, was hat er dann getan? Da hat er nichts mehr gesagt, erkläre ich.

(Bei späteren Erzählungen habe ich immer diesen Schluß verwendet. Ich habe es überhaupt nur erzählt, um diesen Schluß verwenden zu können.)

Ich war Mitglied der Gewerkschaftsjugend. Einmal in der Woche war »Heimstunde«. Da sind wir dann am Abend zusammengesessen, haben Musik gehört oder Pfänderspiele gespielt, bei denen das Pfand durch Küsse oder Ohrfeigen ausgelöst wurde. Meistens waren zuwenig Mädchen da. Um zehn ist der Hausmeister gekommen, hat uns hinausgeschmissen und das Tor abgesperrt. Wenn ein halbwegs *richtiges* Mädchen da war, habe ich es nach Hause begleitet und mit Reden soweit zu bringen versucht, daß es sich vor der Haustür küssen ließ. Weil das meistens Lückenbüßer waren, bin ich dann immer einige Male der Heimstunde ferngeblieben, um eventuelle Hoffnungen, die sich das Mädchen gemacht haben könnte, zu zerstören. Von den Mädchen unseres Ortes, von denen ich gewünscht hätte, sie seien meine Freundinnen (das waren immer welche aus *besseren Familien,* mit denen ich mir nicht anders ins Gespräch zu kommen vorstellen konnte, als daß ich sie beim Baden vor dem Ertrinken gerettet haben würde), ist keines in die Heimstunde gegangen. Ich habe nie gewußt, warum die Gewerkschaftsjugend gerade so heißt.

Mein Bruder hatte immer wieder erzählt, was ihm als Lehrling alles widerfahren war, und ich hätte seine Erzählungen als Beweis nehmen können, was es hieß, Lehrling zu sein, aber ich habe seine Lage nur als sein ganz persönliches Pech angesehen. Andere, so hörte man, hätten es mit ihrer Lehrstelle gut getroffen.

Weil ich noch keine Erfahrung hatte, konnten meine Wünsche, die sich als Unzufriedenheit, als Arbeitsunlust, als lautes Aufbegehren oder passiver Widerstand äußerten und die als Faulheit, Frechheit, Ungehorsam, schlechter Wille verstanden wurden, konnten meine Wünsche als Flausen, die man mir noch austreiben werde, als hoffnungslos denunziert werden.

Ich habe in meiner Lehrzeit gelernt, wie man Hoffnungen aufgibt. Die Wünsche sind trotzdem geblieben.

Für bestimmte Farbverdickungen wurde Fruchtzucker verwendet. Er war in großen Blöcken neben den Rührkesseln aufgestapelt. Nachdem ich einmal aus Interesse gekostet hatte, brach ich mir jedesmal, wenn ich in den Kesselraum kam, ein faustgroßes Stück davon ab und aß es auf. Es schmeckte ähnlich wie der Kartoffelzucker, den ich als Kind als Ersatz für *richtige* Süßigkeiten manchmal bekommen hatte und der mir als etwas Besonderes in Erinnerung geblieben war. Beim Lutschen und langsamen Zerbeißen des Fruchtzuckers hatte ich immer ein sehr angenehmes Gefühl, wie die Erinnerung an etwas Schönes, ohne daß ich wußte woran. Als ich dann selbst einmal diese Verdickung anrühren mußte und einen Block Fruchtzucker nach dem anderen zum Kessel schleppte, in dem sie geschmolzen werden sollten, ist zwischen den Blöcken eine Unzahl daumennagelgroßer Schaben zum Vorschein gekommen. Weil ich gerade an einem Stück Fruchtzucker herumkaute, hat es mich so geekelt, daß ich erbrechen mußte. Ich hielt meinen Kopf über den Rand des nächststehenden Kessels, und mein Mageninhalt ergoß sich in die schleimige, blasenwerfende Farbverdickung, schwamm noch eine Weile oben und wurde dann untergerührt. Noch während es mich würgte, habe ich eine Wut auf mich bekommen. Du bist ja auch nur so ein zimperliches Arschloch, habe ich laut gesagt. Ganz bewußt, ohne mich zu vergewissern, daß niemand kommt, bin ich dann auf den Kessel gestiegen, habe meine Hose aufgeknöpft und in die Farbverdickung geschifft.

Am Abend habe ich meinem Freund Bruno erzählt, daß mich der Scholz so geärgert hat, daß ich aus Rache in den Kessel geschifft habe. Dem Bruno hat das sehr gefallen. Und morgen, Bruno, habe ich gesagt, scheiß ich ihnen hinein auch noch. Der Bruno hat überlegt, ob er nicht auch so etwas Ähnliches machen könnte. Aber bei uns in der Tischlerei, hat er gesagt, gibts ja leider keine Kessel.

In einer Jugendzeitschrift war ganzseitig das Foto eines Liebespaares abgedruckt. Ich hatte die Zeitung monatelang in meinem Nachtkästchen und habe mir das Bild oft vor dem Einschlafen angesehen. Das Paar war von hinten aufgenommen: Er war fast einen Kopf größer als sie und beide hatten Jeans und Pullover an, er einen einfärbigen, sie einen gestreiften. Sie hatte eine Pferdeschwanzfrisur und war sehr zart. Er hatte seinen rechten Arm um ihre Schulter gelegt, sie ihren linken um seine Hüften. Sie gingen durch Gras, das ihnen bis über die Knöchel reichte. Rundum war es neblig. Sie hatte ihren Kopf an seine Schulter gelegt. Das Bild (das ich mir heute noch ungern als gestellt denke) schien mir Zärtlichkeit, Geborgenheit, Vertrauen, überhaupt Glück auszudrücken. So muß Liebe sein, dachte ich. Das Gefühl, das ich beim Betrachten des Bildes hatte, habe ich als Sehnsucht bezeichnet. Ich habe dieses Foto immer zu imitieren versucht. Auf der Straße, wo einem Leute begegnen konnten, war das unmöglich. Darum bin ich, wenn ich eine Freundin hatte, mit ihr in den Wald gegangen, habe meinen rechten Arm um ihre Schulter gelegt und sie aufgefordert, ihren linken um meine Hüften zu legen. Wenn uns jetzt wer von hinten fotografiert, habe ich gedacht, schauen wir fast aus wie das Liebespaar in der Zeitung.

In den ersten Wochen meiner Lehrzeit bin ich von meiner Mutter oft gefragt worden, wie es mir in meiner Lehrstelle gefalle. Meine Antworten sind Antworten auf Sätze gewesen, die sich nur wie Fragen anhörten, aber keine Antwort wollten. Ganz gut, habe ich gesagt. Weil ich mir den Beruf selbst ausgesucht habe, habe ich geglaubt, meine Unzufriedenheit gehe nur mich an und sie müsse verborgen werden. Meine Mutter, der nichts lieber war, als solche Antworten, hat dann bald zu fragen aufgehört. Sie hat herumerzählt, daß ich es mit meiner Lehrstelle gut getroffen hätte. Ich habe es vermieden, über meine Arbeit zu reden, habe immer wieder gesagt, wenn mans nicht sieht, kann mans sich nicht vorstellen. Ich habe auch Angst gehabt, mir mit dem Reden meine Unzufriedenheit unwiderruflich einzugestehen. Und ich wollte nicht gesagt bekommen, daß es ja meine eigene Schuld sei. Erst als meine Mutter mich nicht mehr gefragt hat, als es für sie selbstverständlich geworden war, daß ich diesen Beruf hatte, als sie sich keine Sorgen mehr deswegen machen mußte, habe ich angefangen zu erzählen, wie es mir in der Arbeit erging. Ich habe geglaubt, meine Enttäuschung werde sie für mich mitleidig machen. Aber sie hat meine Enttäuschung, meine Unzufriedenheit nur für ihr Selbstmitleid verwendet. Sie hat mir vorgeworfen, was ich ihr für Kummer mache, hat mich mit ihr mitleidig machen wollen und auch gemacht, so daß ich dann immer gesagt habe, na, so schlimm ist es nun auch wieder nicht. Meine Unzufriedenheit mit den Zuständen in der Fabrik hat sie mir als Charaktermerkmal ausgelegt und vorgehalten. Wenn ich nur auf sie gehört hätte, sagte sie. Und: aus Schaden wird man klug. Ich bin mir dann wirklich klüger vorgekommen. Nur daß meine

Klugheit nichts nützte, weil klar war, daß ich trotzdem dort bleiben würde.

Ende November. Wie immer, wenn ich Frühschicht habe, weckt mich meine Mutter zehn nach fünf. Mitten in der Nacht, kommt mir vor. Krankenstand, denke ich, dann könnte ich liegenbleiben. Ich habe um so eine Zeit nie aufstehen wollen, aber heute denke ich zum erstenmal ernsthaft an einen Krankenstand. Einer aus der Gewerkschaftsjugend, der damit schon Erfahrung hat, hat mich gestern auf die Idee gebracht. Nächsten Montag wäre dort Krampusfeier, und ausgerechnet in der nächsten Woche hätte ich Nachmittagsschicht. Warum soll ich nicht schon heute, überlege ich. Ich liege da und passe genau auf, ob mir nicht irgendwo etwas wehtut. Seit wir neue Matratzen haben, habe ich manchmal Kreuzschmerzen. Meine Mutter kommt zum zweitenmal ins Zimmer, steh endlich auf, sagt sie, sonst kommst zu spät. Mein Kreuz, sage ich, mein Kreuz, ich kann nicht. Jaja, sagt sie, wollen tust nicht. Ich zeige ihr vor, daß es wirklich nicht geht. Was man mit dir immer für Scherereien hat, sagt sie. Am Vormittag geht sie zum Betriebsarzt und kommt mit einer stinkenden Salbe zum Einreiben nach Hause. Ich bleibe den ganzen Tag im Bett, obwohl es mir schon nach ein paar Stunden zu fad ist. Außerdem finde ich es anstrengend, auf jede Bewegung, die ich mache, aufzupassen und das Gesicht dabei zu verziehen. Für eine Krampusfeier ist das zuviel Aufwand, finde ich am Nachmittag, als meine Schicht schon vorbei wäre.

Nach zwei Tagen gehe ich selber zum Betriebsarzt. Obwohl ich sicher bin, daß ich ihm meine Schmerzen sehr gut vorspiele, schaut er mich an, als wüßte er Bescheid. Er schickt mich zum Röntgen. Der kennt sich aus, denke ich, jetzt ist es aus mit dem Krankenstand. Die Krampusfeier schreibe ich schon ab.

Im Krankenhaus sitze ich dann mit anderen Leuten vor dem Röntgenzimmer auf einer Bank und warte auf den Befund. Jedesmal, wenn ein neuer Patient hereinkommt, sagt der neben mir, daß er ein steinreicher Mensch ist, weil er Gallensteine hat. Obwohl er mir auf die Nerven geht, beneide ich ihn um sein feststellbares Leiden. Dann kommt der Arzt heraus und fragt, wo der Mann mit der Wirbelsäule ist. Ich gehe zu ihm, aber er winkt mit der Hand ab, nein, sagt er, das muß ein Erwachsener sein. Er fragt noch einmal, wo die Wirbelsäule ist, aber außer mir ist keine da. Na dann komm halt, sagt er zu mir. Er hält das Röntgenbild gegen das Licht, so eine Trumm Wirbelsäule, sagt er. Ich bin stolz, daß man mich wenigstens an der Wirbelsäule mit einem Erwachsenen verwechseln kann. Am besten, sagt der Arzt, du bleibst gleich da, weil du hast einen Wirbel gebrochen. Jetzt glaube auch ich, daß es nicht meine Wirbelsäule ist, die er da auf dem Bild hat. Du mußt ein Gipsmieder kriegen, sagt er und fängt an, mit einem Hammer meinen Rücken abzuklopfen. Ich weiß nicht, bei welchem Wirbel ich Au sagen soll. Plötzlich klopft er auf einen, wo es wirklich weh tut. Ja, sagt er, das ist er. Aber gleich bleibe ich nicht da, sage ich, weil ich muß es ja zu Hause noch sagen. Na dann eben morgen, sagt er. Die Krampusfeier, denke ich, ist also geritzt.

Ich komme gleich am Vormittag dran. Zuerst werde ich in die Badewanne gesteckt. Vorsichtshalber, sagt die Schwester und verschwindet mit meinen Kleidern. Dabei habe ich mich zu Hause extra von Kopf bis Fuß gewaschen. Gleich darauf holt mich ein Spitalsdiener. Er besteht darauf, daß ich mich in den Rollstuhl setze, den er mitgebracht hat. Im Gipszimmer hängen sie mich kreuzhohl auf und gipsen mich ein. Es dauert sehr lange. Daneben tropft monoton ein Wasserhahn, bis der Arzt, es ist derselbe wie gestern, zum Spitalsdiener sagt, drehns die Pipe endlich ab, sonst brunzt uns der Kerl noch an. Zum Schluß schreibt er mir mit Tintenstift das Datum in den nassen Gips. Drei Monate, sagt er. Wie lang denn wirklich, frage ich, weil ich die drei Monate für einen Scherz halte. Na drei Monate, sagt er. Er grinst, und ich spüre, wie er mein herunterhängendes Glied hin- und hertätschelt. Sehen kann ich das in meiner Lage nicht. Eine Katz, sagt er, wirst eh noch nicht haben, der was du abgehst. Der Spitalsdiener lacht ausgiebig, und ich ärgere mich, weil ich rot geworden bin. Als ich wieder auf eigenen Beinen stehe, sagt der Spitalsdiener, ausschauen tut er wie der Donald Duck, nur daß die Federn am Arsch fehlen. Als ich vom Heimgehen rede, tippt sich der Arzt nur auf die Stirn. Mindestens zwei Wochen, sagt er. Solang kann ich nicht, sage ich. So, sagt er, und warum nicht. Am Montag, sage ich, muß ich auf eine Krampusfeier. Jetzt hat sichs ausgefeiert für dich, sagt er.

Ich habe nicht gewußt, wie ich zu dieser Verletzung gekommen bin. Man hat mich immer wieder danach gefragt. Weil ich es nicht gewußt habe, haben mich keine Tatsachen beim Erzählen gestört. Ja, habe ich gesagt, das ist im Turnverein gewesen, schon vor einem Jahr, da bin ich früher als sonst in den Turnsaal gekommen, und der Vorturner ist noch nicht da gewesen, und die Kiste, wo die Magnesia drin war, war noch zugesperrt, ich bin aber trotzdem ans Reck gegangen, ohne mir die Hände mit Magnesia einzureiben, Felgenaufschwung, Felgenumschwung, und die Reckstange ist ganz rostig vom Schweiß gewesen, ich drehe mich hinauf zur Riesenwelle, drehe ein paar schöne Riesenwellen, und meine Hände werden immer heißer, ohne Magnesia und weil die Reckstange so rostig ist, immer heißer sind sie geworden, und auf einmal habe ich mich nicht mehr halten können, mitten in einer Riesenwelle hat es mich ausgehoben, und ich bin auf den Parkettboden gekracht. Mit dem Kreuz. So, habe ich erzählt, ist das passiert. Ich hab geglaubt, ich bin hin, ein paar Tage hat mir das Kreuz ordentlich wehgetan, aber dann ist es wieder besser geworden, und ich habs vergessen. Und dann, habe ich auf meinen Gips geklopft, sind die Schmerzen auf einmal wieder dagewesen. Warum, weiß ich auch nicht.

Die Riesenwelle ist mir immer als die wagemutigste Turnübung erschienen. Ich habe sie nie gekonnt.

Wegen des Gipsmieders brachte ich keine Hose zu. Mit einem mir fast bis zu den Knien reichenden Pullover meines Bruders habe ich das überdeckt. Darüber habe ich meinen langen Mantel angezogen, den ich sonst zu tragen vermied, um den Pullover zu überdecken. Beim Sitzen war ich unauffällig. Aber ich konnte nicht lange sitzen, weil der Gips dann auf einen Nerv drückte und unerträgliche Schmerzen verursachte. Ich konnte deswegen nicht ins Kino gehen und wenn, dann nur betrunken. Wenn ich genug getrunken hatte, daß ich auch die Schmerzen nicht mehr spürte, dann bekam ich vom Film meist nichts mehr mit.

Ich habe den Gips trotzdem als Glück angesehen. Drei Monate Krankenstand mit ganztägigem Ausgang: keine Frühschicht mit zeitigem Aufstehen, keine Spätschicht, wo einem die Abende fehlten, kein Scholz und keine schleimigen Farbverdickungen, sogar meine von der Bleicherlauge ständig schweißigen Hände waren wieder trocken, kein Montag verhunzte mir den Sonntag. Ich konnte nichtstun, ohne es vorgeworfen zu bekommen. Wenn ich etwas nicht wollte, gab es kein besseres Argument als meine behaupteten Schmerzen. Meine Mutter duldete, was für sie sonst *unmöglich* gewesen wäre. Er ist ja arm dran mit seinem Panzer um die Brust, sagte sie.

Aber die drei Monate Krankenstand waren mehr als nur Ferien. Je mehr mir nämlich dieser Krankenstand zum gewöhnlichen Zustand wurde, umso unerträglicher wurde mir der Gedanke, wieder ein Leben führen zu müssen, das ganz von der Fabrik abhing, wieder ständig schon vorher berechnen zu müssen, ob sich in der kurzen *Freizeit* überhaupt auszahlte, etwas anzufangen. Mein Krankenstand war mir ein Beispiel des *anderen Lebens*, das ich am eigenen Leib verspürte und das nicht sofort von einem wegrückte, kaum daß man aus dem Kino war, ein Beweis, daß ich mit meiner Situation als Lehrling nicht grundlos oder nur aus schlechtem Willen unzufrieden gewesen war. (Zuvor war mir meine Unzufriedenheit nur noch als das Gewöhnliche erschienen, etwas, das man sich, weil es zu nichts, höchstens zu Schwierigkeiten führte, besser abgewöhnen sollte.)

Am Sonntagnachmittag sitzen wir im »Arbeiterheim«. Es soll eine Besprechung für die Vorbereitung des Gewerkschaftsballs stattfinden. Der Gewerkschaftssekretär des Ortes, den ich noch nie gesehen habe, hält eine Rede, die mit »Liebe Kollegen« anfängt. Wie jedes Jahr, sagt er, soll auch heuer wieder die Gewerkschaftsjugend Gelegenheit erhalten, ihren Beitrag zum Erfolg des Balles der Gewerkschaft zu leisten. Wir sollen in der nächsten Zeit an drei bis vier Abenden pro Woche die Dekoration herstellen. Von einem Zettel liest der Sekretär die verschiedenen Arbeiten ab, die gemacht werden müssen und erwartet freiwillige Meldungen. Wir sind ungefähr zehn, aber keiner meldet sich. Na, so werden wir nicht weiterkommen, sagt der Sekretär und teilt uns einfach der Reihe nach ein. Ich werde Papiergirlanden schneiden. Damit uns die Arbeit leichter von der Hand gehen wird, hat er ein Tonbandgerät mit Tanzmusik mitgebracht, und damit wir wissen, was wir genau machen müssen, wird jeden Abend ein Volksschullehrer, der sich wie alljährlich in dankenswerter Weise zur Verfügung gestellt hat, anwesend sein. Einige von uns murren, als er das mit dem Lehrer sagt, was aber nichts zu bedeuten hat. Den Sekretär kümmert es auch nicht. Er fragt, ob es noch Fragen gibt und räumt seine Aktentasche ein. Könnten wir nicht, sagt irgendwer, heute am Abend da herkommen und ein bissel tanzen, wo das Tonband schon da ist. Er hätte nichts dagegen, sagt der Sekretär, aber heute sei da schon eine Versammlung. Wir könntens hinaufnehmen ins Heimlokal, sage ich. Von mir aus, sagt der Sekretär, wenn ihr keinen Lärm machts.

Weil ich sowieso nicht weiß, was ich machen soll, bleibe ich gleich da. Die Maria sagt, zu Hause streitet sie eh nur mit ihrem Vater, und sie bleibt lieber auch gleich da. Ich weiß noch nicht, ob das für mich etwas bedeuten soll. Die anderen wollen um sechs wiederkommen.

Wir gehen zum Hausmeister, um den Schlüssel zu holen, der ihn aber nur widerwillig und erst als er hört, daß es der Sekretär erlaubt hat, hergibt. Er kommt auch alle Augenblicke schauen, was wir machen. Im Heimlokal ist es saukalt. Wir brauchen über eine Stunde, bis der Ofen richtig brennt, weil wir die Kohlen immer zu früh nachlegen. Wir haben das Tonband laufen und sitzen dicht beim Ofen. Weil uns das Reden bald zu fad wird, fangen wir an, uns zu küssen. Ich halte es für notwendig, es zu rechtfertigen, und sage, daß ich auf sie stehe. Sie sagt auch, daß sie auf mich steht, sonst wäre sie nämlich garnicht dageblieben. Nach einer Weile hat sie auch nichts mehr dagegen, daß ich ihr auf die Brust greife. Ich weiß zwar nicht, was ich dort soll, aber ich habe es im Kino gesehen. Unter den Rock läßt sie mich nicht. Nein, da nicht, sagt sie, der Hausmeister, und die andern werden auch gleich kommen. Sie will lieber tanzen. Geht nicht, sage ich und klopfe an meinen Gips. Wenigstens Langsame, sagt sie. Als um halbsieben von den anderen noch immer niemand da ist, sagt der Hausmeister, na wo ist jetzt der Haufen, der was noch kommen soll. Sie haben gesagt, sie kommen, sage ich. Für euch zwei allein, sagt er, ists schad ums Brennmaterial. Ich halte ihm die Erlaubnis des Sekretärs entgegen, aber er sagt, fürs Heimlokal ist er verantwortlich, und wir sollen ihn nicht grantig machen.

Die Maria wohnt in einer der Baracken, die vom Reichsarbeitsdienst übriggeblieben sind, gleich neben dem Waldrand. Wir gehen ein Stück in den Wald hinein, es ist stockfinster, da sieht uns jetzt keiner mehr, sage ich. Aber nur, wenn du es ernst meinst, sagt sie. Ist ja klar, sage ich und knöpfe ihr den Mantel auf. Sie hält sich an meinem Mantelkragen fest, und ich spüre, daß sie zittert. Es ist eh nicht das erste Mal bei dir, sage ich, oder? Nein, sagt sie, aber es war nur einer, ehrlich. Mit einer Jungfrau, sage ich, hätt ich mich nämlich nicht abgegeben. Sie zuckt zusammen, als ich mit meinen kalten Fingern ihre Haut berühre. Ich merke, daß ich jetzt auch zittere. Aber drauflegen wirst dich nicht auf mich können, sagt sie, mit deinem Gips. Wir müssens probieren, sage ich und versuche mich an alles zu erinnern, was ich erzählt bekommen habe. Aufpassen mußt aber, sagt sie. Sowieso, sage ich und breite meinen Mantel in den Schnee. Hoffentlich merkt sie nicht, denke ich, daß es bei mir das erstemal ist.

Als ich am nächsten Abend zum Girlandenschneiden die Stufen zum Heimlokal hinaufgehe, sitzt der Kurt oben. Er hat auf mich gewartet. Da kannst nimmer herein, sagt er, dich und die Maria habens hinausgeschmissen. Wer, sage ich, wer hat uns hinausgeschmissen. Der Sekretär war grad da, sagt er. Blödsinn, sage ich, und auf einmal steht der Hausmeister in der Tür. Du hast da Hausverbot, bellt er mich an, da kommst mir nimmer herein. Aber warum denn, sage ich. Wirst es schon selber wissen, sagt der Hausmeister, und jetzt verschwind. Nein, sage ich, ich hab nichts gemacht. So, schreit er, und was ist mit der blutigen Watte, die was ich gefunden hab, als du und das Mensch gestern fort seids? Das gibts ja gar nicht, sage ich. Kurt grinst und zuckt die Schultern. Wie die Viecher seids, schreit der Hausmeister, aber bei uns nicht. Sie spinnen ja, sage ich, und er reibt sofort mit der geballten Faust auf. Ich laufe die Stufen hinunter, alter Trottel, sage ich unten, alter Trottel, alter Trottel. Der Hausmeister schreit, bis ich um die Hausecke biege. Eigentlich, denke ich wütend, machts mir eh nichts aus. Jetzt wissens wenigstens, was ich für ein Kerl bin.

Anfang März. Nach drei Monaten Krankenstand habe ich wieder Frühschicht. Ich muß um fünf Uhr aufstehen und mit dem Rad die zwei Kilometer zur Fabrik fahren. Schon beim Umziehen im Garderobenraum, als ich die von Farbverdickung brettsteife Schürze aus meinem Spind nehme, ekelt mich. Ich melde mich beim Scholz. Daß der Herr auch wieder einmal kommt, sagt er. Ich habe die ganzen drei Monate einen Gips um die Brust gehabt, sage ich. Mir brauchst nichts erzählen, sagt er, ich kenne mich schon aus. Ich sage nichts drauf, weil es sinnlos ist, ärgere mich dann aber darüber, daß ich nichts gesagt habe. Bis zwei Uhr muß ich Verdickungen und Farben anrühren, benutzte Gefäße abwaschen. Ich überlege, wie ich zum nächsten Krankenstand kommen könnte.

Am Abend gehe ich mit dem Bruno ins Wirtshaus fernsehen. Als wir hineinkommen, sitzt der Scholz dort. Er stiert mich an und grüßt nicht zurück. Während ich im Extrazimmer, das stockdunkel ist, auf die Scheibe starre, versuche ich mir vorzustellen, was der Scholz morgen dazu sagen wird, weil ich ins Wirtshaus gehe. Der Bruno und ich trinken immer Cola mit Rum. Da bekommt man einen Dusel, ohne daß man es merkt. Auf dem Heimweg marschieren wir im Gleichschritt, links zwo drei vier und singen den Westerwald. Die Straße ist spiegelglatt vereist, und wir müssen einander gegenseitig stützen. Die Zeile »prima Damenschlüpfer« brüllen wir besonders laut.

Am nächsten Morgen, beim Aufstehen, tue ich so, als rutschte ich aus. Ich bleibe liegen und jammere, halte mir mein Kreuz. Was hast denn, was hast denn, schreit mein Bruder aufgeregt, weil ich mich krümme und kein Wort sage. Sie legen mich wieder ins Bett. Am nächsten Tag gehe ich zum Betriebsarzt. Der redet nicht viel, sagt nur, ich kann wieder arbeiten. Ich gehe zum Scholz, will sagen, daß ich wieder da bin, aber er schreit mich an, daß ich besoffen gewesen bin, und da ist es passiert. Ich will kündigen, sage ich. Dem Scholz bleibt der Mund offen. Ich fühle mich plötzlich ganz *frei.* Es dauert eine Weile, bis ich die Lohnsteuerkarte und die noch ausständigen paar Schilling bekomme. Ich rede mit den Druckern und den Hilfsarbeiterinnen und stelle mir vor, wie schwer es für die sein muß, da wie jeden Tag zu arbeiten, während ich nicht mehr muß. Mir fällt der Satz ein: das Leben geht weiter.

Beim Fabriktor treffe ich den Herrn Wirth. Der wohnt im selben Haus, in dem ich früher gewohnt habe. Er will seinen Sohn, der ein Jahr jünger als ich ist, als Lehrling anmelden. Er sagt das dem Portier. Der telefoniert dem Herrn Werner. Ich will dem Wirth sagen, daß er den Peter nicht hierher geben soll. Der Herr Werner kommt freundlich über den Hof auf den Wirth zu. Als ich mich vorgestellt habe, ist er auch so siebensüß dahergekommen. Das ist die größte Dreckhacken, was man sich vorstellen kann, sage ich, ich habe gerade gekündigt. Der Wirth schaut erwartungsvoll dem Herrn Werner entgegen und beachtet mich nicht recht. Herr Wirth, sage ich, geben sie ihn nicht her, ist ja nur ein Dreck da. Der Herr Werner begrüßt den Wirth, der sich offenbar geschmeichelt vorkommt. Gebens den Peter nicht her, sage ich eindringlich, und der Portier drängt mich weg, schau daß du abhaust, sagt er, sonst erlebst was.

Ich hole mein Rad und fahre nach Hause. Meine Mutter heult, weil ich jetzt keine Arbeit habe. Es wird sich schon wieder was finden, sage ich, aber ich hätts dort nicht mehr länger ausgehalten. Eine Dreckarbeit wars schon, sagt meine Mutter, als ich sie daran erinnere, wie meine Hände immer gestunken haben, wenn ich nach Hause gekommen bin. Mein Bruder hat damals gesagt, neben der Sau kann man ja nicht essen, da speibt man sich ja an. Die Farben sind nämlich mit Waschen allein nicht von den Händen gegangen, so daß man sie in die scheußlich riechende Bleicherlauge halten mußte. Hättst auf mich gehört, sagt meine

Mutter, und wärst Tischler geworden. Ich habs ja nicht wissen können, sage ich. Jetzt ist es zu spät, sagt sie, weil während dem Jahr nehmen sie keine Lehrlinge.

Einige Wochen bevor mein Großvater mit Lungentuberkulose ins Krankenhaus kam, bekamen wir endlich von der Gemeinde eine Wohnung zugewiesen. Bis dahin, vierzehn Jahre lang, hatten wir bei meinen Großeltern gewohnt: Küche, Zimmer, Kabinett, Großvater und Großmutter in einem Raum mit meinem Bruder, ich im Ehebett mit meiner Mutter im Kabinett. Es war vollgestellt mit den Möbeln, die meine Mutter in ihrer vorigen Wohnung gehabt hatte. Nach dem Krieg waren in dieser früheren Wohnung die Russen einquartiert worden. Meiner Mutter (ich war damals ein paar Monate, mein Bruder vier Jahre) wäre dort nur ein Raum geblieben, außerdem hatte sie Angst vor den Russen. Sie zog mit uns zu ihren Eltern. Zehn Minuten weiter im Ort. Aber als die Russen auszogen, konnte sie nicht mehr zurück, weil sich inzwischen dort einer eingenistet hatte, der im Gegensatz zu meinem damals noch vermißten Vater nicht in der NSDAP gewesen war und das in eine Wohnungszuweisung umzumünzen verstanden hatte. Meine Mutter hat die Geschichte, wie sie um die Wohnung gekommen ist, oft erzählt. Sie endete immer mit Verwünschungen: Der Koller, der Hundling, aber es wird ihm kein Glück bringen, das wird ihm schon noch einmal heimkommen. (Ihren Glauben an eine ausgeglichene Gerechtigkeit bekam meine Mutter zwanzig Jahre später bestätigt, als der Koller achtundsechzigjährig an Krebs starb.)

Die neue Wohnung war in einem Haus, das im Ersten Weltkrieg für galizische Flüchtlinge gebaut worden war. Von außen gesehen eine Bruchbude. Von innen noch mehr. Es gab nur Ein- und Zweizimmer*wohnungen.* Klo und Wasser auf dem Gang, dessen Fußboden mit vielen verschieden gemusterten, gestückelten Linoleumsresten belegt war, die für die Wohnungen nicht mehr schön genug gewesen waren. Unsere Wohnung war eine Küche und ein Schlafzimmer. Eine Wand der Küche war ganz schwarz, weil die Färberei neben dem Haus ihren Dampf dagegen blies. Da die Wohnungen weder Vor- noch Abstellräume hatten und es auch keinen Keller gab, standen auf dem langen Gang Kisten mit Kohlen und Holz, alte Kästen, Gerümpel, so daß nur ein ganz schmaler Gang zum Gehen blieb. Ständig war auch noch Wäsche zum Trocknen aufgehängt, weil das sonst nirgends möglich war. Was dort wohnte, war *letzter*

Dreck: Gelegenheitsarbeiter, alte alleinstehende Frauen, die von Zuwendungen der Fürsorge lebten, viel *Gesindel.* Auf unserem Gang gab es gleich drei Säufer. Einer, zwei Türen von unserer Tür, war besonders arg: Ständig war er rabiat; wenn er im Rausch Frauen auf dem Gang traf, beschimpfte er sie, alle waren für ihn Huren; seine Frau schlug er auch im Beisein anderer Leute; oft war die Gendarmerie wegen ihm im Haus. Das Haus war dafür bekannt, daß nur solche Leute dort wohnten. Meine Mutter wollte nicht einziehen. Schließlich ließ sie sich von meinem Großvater überreden und akzeptierte die Wohnung als *vorübergehende Lösung.* Sie versuchte sich und uns damit zu trösten, daß wir die Wohnung schön herrichten würden: Was draußen ist, sagte sie, geht uns ja nichts an.

Ich habe mich geniert, in diesem Haus zu wohnen. Ich habe niemanden auf dem Gang gegrüßt. Bevor ich ins Haus ging, habe ich mich umgesehen, ob mich nicht jemand dabei sehen könne, von dem ich gewünscht habe, er wisse nicht, daß ich dort wohne. Jedesmal, wenn ich mit einem Mädchen in die Wohnung ging – im Sommer ließ sich das vermeiden, im Winter nicht –, habe ich mich geniert. Ich habe dann immer sehr viel geredet, um mit meinen Worten die Gräßlichkeit des Hauses zu übertünchen. Als ich einmal mit einem Mädchen, an dem mir besonders viel lag, hinaufging, mußten wir erst zum Trocknen aufgehängte, nasse, lange Unterhosen beiseiteschieben, um in die Wohnung zu können. An diesem Tag habe ich mir keinen neuen Treffpunkt mit dem Mädchen ausgemacht, und wenn ich sie später traf, habe ich sie nicht einmal gegrüßt.

In unserer Wohnküche: Gasherd, Abwasch, ein Kastel mit Lavoir, Kredenz, Tisch, drei Sessel, Ottomane. Alle Möbel weiß gestrichen, ein Fleckerlteppich auf dem Fußboden, 100-Watt-Birne unter dem Lampenschirm. Der Raum hatte überhaupt keine *Atmosphäre.* Es war, wie ich meinte, viel zu hell für *Intimitäten.* Viel zu hell, als daß sich meiner Meinung nach die richtige Stimmung dafür hätte einstellen können. Bevor ich zum ersten Mal ein Mädchen mit in die Wohnung nahm, habe ich aus einer italienischen Weinflasche eine Lampe gebastelt und einen Lampenschirm gekauft, auf dem bunte Etiketten von Schnäpsen aufgeklebt waren. Diese Lampe stand auf dem Radio in der Ecke und milderte den kalten Küchencharakter des Raumes, der sich mit Zärtlichkeiten, Gefühlen wie »Liebe«, nicht zu vertragen schien, auf ein mir erträgliches Maß, so daß ich mich nicht ständig davon gestört fühlte.

Im Ort gab es zwei Kinos, die täglich abwechselnd spielten. Am Wochenende beide. Fernsehen gab es fast nur in Wirtshäusern. Aber das war zum Kino kein Vergleich. Wenn ich mit Freunden ins Kino ging, saßen wir *prinzipiell* erste Reihe. Mit Mädchen saß ich Loge. »Jugendfreie« Filme waren von vornherein uninteressant. Ein Film »ab 18 Jahre« war eine Sensation (die meisten waren »ab 14« oder »ab 16«), und die Taktik, wie man in den Kinosaal kommt, ohne angehalten zu werden, wurde wochenlang vorher besprochen. Es gab verschiedene erprobte Rezepte. Keines war ganz sicher. Solche Filme zeigten das *ganze* Leben. Eine nackte Frau vielleicht. (Meine Mutter habe ich nie nackt gesehen. Selbst das Wort »Schwangerschaft« war tabuisiert.) Obwohl ich schon öfter mit Mädchen geschlafen hatte, waren solche Filme aufregend: Der Zusammenhang, in dem die *argen Szenen* standen, war ein ganz anderer. Dazu kam noch die Aufregung vor dem Film: Wird nach der Wochenschau das Licht angehen? Manchmal kam bei solchen Filmen die Gendarmerie und holte die heraus, die noch nicht alt genug waren. Man genierte sich, wenn man unter denen war. Das war der Offenbarungseid: noch nicht erwachsen. Mich erwischte es nur einmal. ›Frauen verschwinden‹, hieß der Film. Der brutalste Film wo gibt, sagte der Bruno, der ihn mir in allen Einzelheiten erzählte. Wenn später die Rede darauf kam, habe ich mitgeredet, als hätte ich ihn gesehen.

Eine Zeitlang ging ich fast täglich ins Kino. Meistens mit dem Bruno, der sogar das Kinoprogramm auswendig lernte. Nur 3-W-Filme, wie wir sie nannten (Wald, Wilderer, Wirtshaus), ließen wir aus. Der Bruno war am meisten für Wildwester. Ich für Kriminalfilme. Beide waren wir für Peter van Eyck. So *lässig* wie der war sonst keiner. Frauen hatte er immer genug. Als er einmal einen Mörder spielte, habe ich ihm die Daumen gehalten, daß er nicht erwischt wird. Es nützte aber nichts. Szenen, wo sich zwei küßten, waren mir peinlich. Mit Reden, na die werden noch Zahnweh kriegen, halfen wir uns über die Peinlichkeit hinweg. Bei solchen Szenen dachte ich immer, alle schauen mich an. Ich rutschte am Sitz etwas nach unten und zog den Hals ein. Wir versicherten uns gegenseitig, einen kaum zu unterdrückenden Appetit auf eine Zigarette zu bekommen, wenn im Film einer rauchte.

Meine Großmutter war, seit ich sie kannte, leidend. Sie hatte es mit den »Nerven«: zwei Buben waren ihr *ausgeblieben* (einer davon nicht gefallen, sondern vermißt, sobald sich die Hoffnung jahrelang hinzog). Mit der Galle und dem Herzen hatte sie es auch. Dazu noch Zucker. Seit mein Großvater gestorben war, mußte meine Mutter bei ihr schlafen. Die Wohnung meiner Großmutter war nur fünf Minuten von unserer entfernt. Die Großmutter blieb keine Nacht mehr allein. Wenn meine Mutter einmal dachte, jetzt gehe es der Großmutter gut genug, daß sie allein schlafen könnte, wurde sie in der Nacht prompt von der Nachbarin meiner Großmutter geholt. Die Nachbarin hatte ihr Schlafzimmer Wand an Wand mit dem meiner Großmutter und da klopfte die Großmutter eben. Natürlich war ich froh darüber, daß das so war. Die Kämpfe, die mein Bruder mit meiner Mutter ausfechten mußte, um am Abend weggehen zu können, blieben mir erspart. Ab fünfzehn wohnte ich praktisch allein in der Wohnung. Mein Bruder war beim Bundesheer, dann irgendwo in einem weit entfernten Ort »auf Montage«, von wo er nur alle paar Wochen einmal nach Hause kam. In der Früh kam meine Mutter, machte mir das Frühstück, weckte mich auf. Gegen halb sieben am Abend ging sie dann zu meiner Großmutter. (Vernachlässigung der Aufsichtspflicht, hieß das juristisch, weil meine Mutter nicht kontrollieren konnte, was ich am Abend und in der Nacht tat.) Alle meine Freunde beneideten mich um meine »sturmfreie Bude«. Auch die, die in schöneren Häusern wohnten. Man kann nicht alles auf einmal haben, dachte ich.

Bis zu dem Zeitpunkt, wo ich selber verdient habe, habe ich nie Taschengeld bekommen. Aus der Not wurde eine Tugend gemacht: Kinder brauchen kein Geld; was du brauchst, hast du; Sparen muß man von klein an lernen. Aber zum Sparen wäre etwas notwendig gewesen, das man hätte sparen können. Und das war selten vorhanden. Was man lernte, war: verzichten, sich nach der Decke strecken. Der oft ausgesprochene Satz: wir haben nicht einmal das gehabt, war nie ein Trost, sondern immer ein Vorwurf. Man begann sich schuldig zu fühlen, wenn man einen Wunsch hatte, der nicht zu den Notwendigkeiten gehörte. Weil man sich bescheiden mußte, wurde Bescheidenheit zum geschätzten, geforderten Charaktermerkmal. Sprichwörter ersetzten ständig die Vernunft, würgten jede Diskussion ab: wer den Groschen nicht ehrt; Spare in der Zeit. Ich hatte immer nur zufällig Geld. Wenn ich es nicht für einen bestimmten Zweck (Kino, Süßigkeiten) bekam, dann immer als Lohn: fünfzig Groschen, wenn ich meinem Großvater Tabak geholt hatte; fürs

Austragen der Gewerkschaftszeitung; für Holzhacken. Aber ich konnte nie damit rechnen. Es konnte mehr oder weniger sein, konnte überhaupt ausbleiben. Es wurde kein Gewohnheitsrecht daraus, kein Anspruch. Geld, das Verwandte bei Besuchen schenkten, was selten vorkam, mußte prinzipiell gespart werden. Nicht für irgendeinen Zweck, sondern überhaupt. Wenn ich es für mich selbst haben wollte, selbst bestimmen wollte, was dafür gekauft wird, mußte ich es stehlen. Ich habe dieses Geld immer nach und nach gestohlen. Wenn man entdeckte, daß nichts mehr da war, hieß es dann umso mehr, du kriegst überhaupt kein Geld mehr in die Hand. Natürlich hatte ich dieses Geld für *nutzlose* Dinge ausgegeben. Es konnten nur nutzlose sein, denn nützlich war nur, was auch notwendig war. Und das bekam man sowieso gekauft: was du brauchst, hast du. Ein häufiger Traum war, Dinge zu haben, die es in Büros gab: Heftmaschine, Bleistiftspitzer mit Kurbel, Lochmaschine. Und dann immer die Enttäuschung beim Erwachen. Schließlich träumte ich davon, daß ich die Dinge, um sie aus dem Traum ins Wachsein hinüberzuretten, in den Mund nahm, sie mir einverleibte: wenn ich wach bin, mache ich einfach den Mund wieder auf und nehme die Sachen heraus.

Wenn sich ein zweiter fand, habe ich mit ihm Alteisen gesammelt. Das Geld wurde dann in Kaugummi angelegt (weniger wegen des Kaugummis, als wegen der Karl-May-Bilder, die dabei waren) oder in einem kleinen Totenkopf zum Anhängen oder in Zigaretten. Das war die einzige Möglichkeit, unkontrolliertes Geld zu haben und es ausgeben zu können, ohne mit Vorwürfen rechnen zu müssen. Aber weil das alle machten, die ähnlich dran waren wie ich, ist bald kein Alteisen mehr herumgelegen. Ich habe dann mit einem Freund auf dem Abstellplatz eines Transportunternehmens alte, verrostete Stoßdämpfer eines Lastwagens entdeckt, und wir haben die schweren Federn mit viel Mühe auf einem kleinen Handwagen zum Alteisenhändler geführt. Ein paar Wochen darauf hat uns die Gendarmerie aus der Klasse geholt. Wir hatten sie gestohlen. Der Transportunternehmer wollte sie selbst als Alteisen verkaufen. Um das Geld hatten wir eine Schachtel Filterzigaretten gekauft und drei Mickymaushefte. Mein Freund bekam bei der Gerichtsverhandlung einen Monat, bedingt auf drei Jahre. Ich war zum Glück noch nicht vierzehn.

Wenn ich auch freiwillig verzichtete, gar nicht hoffte, einen bestimmten Wunsch je erfüllt zu bekommen, dann verschwand nur der Gegenstand des Wunsches, der Wunsch selbst blieb, wurde nur immer abstrakter. Wenn ich dann Geld hatte, wußte ich nicht, was ich drum kaufen sollte. Und wenn ich den gekauften Gegenstand vor mir hatte, und es war nicht gerade etwas, das man aufessen konnte, wußte ich nicht, was ich damit anfangen sollte. Außerdem durfte ich selbstgekaufte Dinge, für die man mir kein Geld gegeben hatte, ja auch gar nicht haben. Ich mußte sie verstecken, um auf die bohrende Frage, woher hast du das, nicht immer wieder die gleichen, stets als Lügen bezeichneten Antworten geben zu müssen: ich habs gefunden, ich habs geschenkt bekommen.

Manchmal bin ich während des Unterrichts aufs Klo gegangen, um die Taschen der auf den Kleiderhaken am Gang hängenden Kleidungsstücke meiner Mitschüler durchstöbern zu können. Es fanden sich dort nie mehr als einige Groschen. Wenn ich genug Zeit hatte, um alle Jacken und Mäntel zu untersuchen, konnte es sein, daß ich auf einige Schillinge kam. Drei Schilling fünfzig, das war das höchste während der ganzen Schulzeit. Ich habe mir dafür ein PEZ-Feuerzeug gekauft, eines, dessen Gehäuse oben einen Donald-Duck-Kopf hatte. Leider habe ich in der Folge nicht das Geld gehabt, um immer wieder neues Pfefferminz zum Nachfüllen kaufen zu können. Es ist sowieso bald kaputtgegangen. Ich habe schon vorher gewußt, daß es leicht kaputtgeht. Der Kauf war ein Kompromiß gewesen: Am sichersten war es, etwas zu kaufen, das nicht zum Besitz wurde, etwas Eßbares; aber ich wollte auch etwas besitzen, es durfte nur niemanden auf den Gedanken bringen, daß das Geld dafür gestohlen war. Meine Mutter hat das Feuerzeug erst bei mir erwischt, als es schon kaputt war. Weil es schon kaputt war, hat sie mir geglaubt, daß ich es geschenkt bekommen habe.

Wenn sich die Möglichkeit ergab, ließ ich auch in Kaufhäusern etwas mitgehen. Einmal, zu Silvester, vier kleine Eloxal-Glücksbringer: einen Geldbeutel, zwei Schweinchen, ein Kleeblatt. Ich wollte sie meinen Großeltern, meiner Mutter und meinem Bruder zum Neujahr schenken. Natürlich fragte meine Mutter, woher ich sie hätte. In der Papierhandlung gekriegt, sagte ich. Die verschenken nichts, sagte meine Mutter. Ist ja eh nichts wert, meinte meine Großmutter, dieses Zeug ist ja zum Verschenken. Die hast gestohlen, sagte meine Mutter. Aber erst als sie drohte, sie werde mit mir in die Papierhandlung gehen und fragen, habe ich *gestanden,* daß ich sie *genommen* hatte. Es war ganz leicht gewesen: einfach zum Zugreifen. Der Teufel war los: Wir sind eine anständige Familie, und du machst so was, wenn das wer gesehen hat, du machst uns noch alle unglücklich, stehlen, mein Gott, stehlen tut er, jammerte meine Mutter, und ich mußte versprechen, daß es nie mehr vorkommt, nie wieder. Die Glücksbringer hat sie ganz unten in einer Kiste auf dem Dachboden versteckt, so als befürchte sie eine Hausdurchsuchung. Sie wollte sie so weit wie möglich weghaben, um nicht daran erinnert zu werden, daß ihr Kind stahl. So was war für sie das Ärgste. Sie wollte ja einen anständigen Menschen aus mir machen. Sie hatte ja nichts, auf das sie hätte stolz sein können, also war sie anständig und war stolz auf ihre Anständigkeit. Ich habe dann nur noch Eßbares in Kaufhäusern gestohlen. Als ich einmal in eine Greißlerei ging und der Besitzer nicht da, das ganze Geschäft leer war, ich also ohne Folgen alles, was ich gewollt hätte, hätte stehlen können, habe ich mich schon nicht mehr getraut. Ich habe mir nur eine dünne Scheibe Käsewurst abgeschnitten und dann die Ladentür einige Male auf- und zugemacht, um durch die Türglocke den Besitzer herbeizurufen. Später habe ich oft bedauert, diese so seltene Gelegenheit vertan zu haben.

In der letzten Klasse Hauptschule mußte ich einmal während der Stunde Kreide aus dem Lehrerzimmer holen. Ich öffnete den falschen Kasten, er war vollgestopft mit Schachteln, die eine englische Aufschrift hatten: Spende amerikanischer Kinder für österreichische Kinder, und in den Schachteln waren Bleistifte, Ölkreiden, andere Zeichen- und Malgeräte, kleines Spielzeug, Seifen, Zahnpasten, ein ganzer Kasten voll mit brauchbaren Dingen, mir zitterten die Hände, dieses Riesenangebot, in das ich nur hineinzugreifen und zu nehmen brauchte, brachte mich vollständig aus der Fassung, ich steckte nur eine Schachtel Farbstifte ein und zwei Radiergummi, vergaß, daß ich hätte Kreide holen sollen, kam ohne sie in die Klasse zurück, erst die Frage des Lehrers, wo hast du die Kreide, weckte mich auf, ich habe keine gefunden, stotterte ich, und der Lehrer schickte einen anderen Schüler, der offenbar gleich den richtigen Kasten erwischte. Zwei Schulfreunden erzählte ich von dieser Entdeckung, und an einem Nachmittag, als wir Zeichnen hatten, schlichen wir ins leere Lehrerzimmer, abwechselnd stand einer draußen, die anderen zwei räumten ein, ich bitt euch, nehmts nicht so viel, sagte ich, damit mans nicht merkt, jeder räumte sich die Schultasche voll, lauter Dinge, die wir schon immer gerne gehabt hätten, damals erschien mir Amerika zum erstenmal als Land, in dem die Leute alles haben, was sie wollen: wenn sie solche Sachen einfach verschenken konnten. Das hätten die Lehrer an die Schüler verteilen müssen, meinte einer meiner Kumpane, und das Bewußtsein, nur Dinge zu nehmen, die *eigentlich* ja uns gehörten, verhinderte eine Zeitlang das schlechte Gewissen. Zu Hause, als ich nicht wußte, wo ich das ganze Zeug verstecken sollte, war es aber dann gleich da, und dazu die Angst, daß der Diebstahl auffliegen könnte, der Gedanke, was meine Mutter sagen würde, wenn sie aus der Schule die Nachricht erhielt, daß ich aus der Schule geschmissen würde, steigerte meine Angst zur Panik, ich wollte schon in die Schule, um alles zurückzugeben und zu gestehen, aber ich wagte nicht, den beiden anderen diesen Vorschlag zu machen, um nicht als Feigling dazustehen, und so nahm ich die Zahnpasten, drückte sie aus, Schnee lag, man sah es nicht, von den Bleistiften kratzte ich den amerikanischen Firmennamen, die Palmoliveseifen warf ich in den Mistkübel, nur die Ölkreiden wollte ich behalten und einen Cowboygürtel, in den ich mit einer heißen Nadel meinen Namen einbrannte, so als ob mein Name, das Kennzeichen, daß der Gürtel mein Eigentum sei, die kriminelle Herkunft des Gürtels hätte auslöschen können. Später sah ich dann, daß einige Lehrer mit Bleistiften schrieben, die ganz sicher aus den Schachteln im Lehrerzimmer stammten, weil es welche dieser Art bei uns nicht zu kaufen gab.

Als einige Monate vergangen waren, ohne daß jemand gemerkt hätte, daß wir an den Schachteln gewesen waren, ging ich beim Kreideholen noch einmal in den Kasten. Da aber war er nur noch halbvoll. Wie ich es gelesen hatte, wischte ich nachher die Fingerabdrücke von der Kastentür.

Jede Woche schneide ich einen Teil von Elvis Presley aus dem ›Bravo‹ aus, das ihn in Fortsetzungen abdruckt, klebe die Teile auf Packpapier, wie es in der *Gebrauchs*anleitung steht: Nach einigen Monaten steht er vollständig, mit Gitarre, da. Aber meine Mutter erlaubt nicht, daß ich ihn an die Wand hänge. Das ist noch immer meine Wohnung, sagt sie. Ich sage, daß ihn der Spendler auch hängen hat, der Urbanek auch, sogar der Reiterer hat ihn, dessen Eltern bekanntermaßen sehr streng sind. Aber meine Mutter meint nur, wenn die in den Bach springen, dann mußt du nicht auch. Sie läßt sich nicht überreden, und als ich ihn doch, vorsichtshalber nur mit drei Reißnägeln, an die Wand nagle, um sie vor vollendete Tatsachen zu stellen, reißt sie ihn schimpfend wieder herunter, zum Glück ohne ihn zu beschädigen. Einige Zeit liegt Elvis dann mit dem Gesicht nach unten, damit er nicht verstaubt, unter dem Bett, bevor ich ihn um zwanzig Schilling an den Urbanek verkaufe, der ja tatsächlich noch gar keinen hat. Der darf ihn aber auch nicht aufhängen, und er will sein Geld zurück. Inzwischen habe ich aber die Tommy-Steele-Story im Kino gesehen. Ich steh nicht mehr so auf den Elvis, sage ich, ich nehm ihn nicht zurück. Der Urbanek sagt, daß ich kein Freund bin. Er kann ihn ja *auch* weiterverkaufen, sage ich.

Wenn Schlagersendungen im Radio sind, versuche ich, die Texte mitzuschreiben. Tommy Steele wird leider nur ganz selten gespielt. Seine Texte kann ich nicht mitschreiben, weil mein Hauptschulenglisch dazu nicht ausreicht. Wenn meine Mutter zur Großmutter gegangen ist, übe ich vor dem langen Spiegel im Schlafzimmer. Ich kann ruhig laut singen, weil die Nachbarin halb taub ist. Ohne Gitarre ist es schwierig, mit den Armen was Ordentliches anzufangen. Ich lasse mir einen Katalog von einem Musikversandhaus schicken. Die Gitarre, die mir gefällt, kostet doppelt soviel, wie meine Mutter Rente hat. Momentan verzichte ich, bin aber davon überzeugt, daß ich mir bald eine kaufen kann.

Jeden Sonntagnachmittag kommt meine Tante mit meinen beiden Vettern zu meiner Großmutter auf Besuch. Sie wohnen nur sieben Kilometer entfernt. Die Eisenbahn verkehrt günstig. Verwandtenbesuche sind immer eine Abwechslung. Und sie dauern nie so lange, als daß ich Onkel und Tante zu denen rechnen müßte, die mir was anschaffen können. Wenn mein Onkel, der bei der Zollwache ist, dienstfrei hat, kommt er auch mit. Seit mein Großvater tot ist, glaubt er, weil er der einzige erwachsene Mann des Sonntagnachmittags ist, er könne sich als Herr im Haus aufspielen. Meine Tante steckt mir dann die paar Schillinge, die sie mir meistens knapp nach dem Monatsersten gibt, heimlich zu. Meine Mutter und die Großmutter können den Onkel nicht leiden, weil er ständig Ratschläge geben will, obwohl er, sagt die Großmutter, einen Schmarren davon versteht. Er hat immer so blöde Ideen: Die Großmutter soll sich eine Sau einstellen, im Garten hätte sie ja Platz, weil das Fleisch wird ja eh immer teurer. Wenn es meiner Tante zu arg wird, legt sie die Kinderhauben oder Handschuhe, an denen sie ununterbrochen näht, abrupt weg und sagt, geh halts doch zusammen. Wie redest denn mit mir, sagt der Onkel. Kusch, sagt die Tante, und die Großmutter wird nervös, weil sie Streit nicht leiden kann. Hörts auf, meine Nerven halten das nicht aus, sagt sie, oder sie fängt an, über den Großvater zu reden, was meine Tante stets ins Flennen bringt.

Mein Onkel sitzt dann still da, sagt manchmal, ja der Großvater, ja der Großvater, und wenn sich meine Tante beruhigt hat, sagt er, ja was ich sagen wollte, und dann redet er über das Auto, das er kaufen will.

Wenn es nicht gerade regnet, gehe ich mit meinem älteren Vetter, der nur ein halbes Jahr jünger ist als ich, weg. Dein Vater ist ein schöner Trottel, sage ich. Sowieso, sagt mein Vetter. Ich bin froh, daß ich keinen Vater habe, sage ich, und er meint, da kannst ja froh sein, aber was willst machen, wennst einen hast. Das ist eben ein Pech, sage ich. Aber nicht mehr lang, sagt er, dreieinhalb Jahre noch, weil wenn ich achtzehn bin, bin ich weg. Wo gehst denn da hin, frage ich. Hast schon was von der Fremdenlegion gehört, sagte er. Klar, sage ich. Oder auf ein Schiff, sagt er.

Manchmal merken sie, wenn wir zurückkommen, daß wir geraucht haben. Rotzbuben dreckige, sagen meine Mutter und meine Tante, und der Onkel sagt, wenns Verbieten nichts nützt, muß mans anders machen, und er redet eine halbe Stunde darüber, was man sich erspart, wenn man nicht raucht. Er hat es sich vor einigen Monaten abgewöhnt, weil er auf das Auto spart. Auf einem Zettel rechnet er aus, wieviel man im Laufe eines Lebens verraucht. Da krieg ich ein paar Autos drum, sagt er. Du mit deinem blöden Auto, sagt die Tante, und ich kann heimarbeiten. Ich brauchs zum Spielenfahren, sagt der Onkel. Er spielt Saxophon und Klarinette bei einer Tanzkapelle. Und alles, was er beim Spielen verdient, sagt die Tante, spart er fürs Auto, wo keiner eins braucht. Ich brauchs, sagt er, und außerdem rauch ich nicht mehr. Wenn der Besuch weg ist, sagt die Großmutter, er ist eh ein braver Mann, wenn er nur nicht so ein Leimsieder wär.

Solange ich zur Schule ging, bin ich meinen Vettern, weil ich stets bessere Zeugnisse gehabt habe als sie, als Vorbild hingestellt worden. Immer haben sie sich sagen lassen müssen, sie sollen sich an mir ein Beispiel nehmen. (Mir hat meine Mutter gesagt, ich soll mir eins an meinem Bruder nehmen.) Mein älterer Vetter hat, wenn die Rede auf die Schule gekommen ist, immer gleich gesagt, könnts schon aufhören, ich weiß es eh schon, wir sollen uns an ihm ein Beispiel nehmen. Aber weils doch wahr ist, sagte meine Tante. Sie könnten eh, meinte der Onkel, wenn sie nur wollten. Aber die stinken ja vor Faulheit, sagte die Tante.

Jetzt haben sie Schwierigkeiten, mich, den sie jahrelang zum Vorbild hochgelobt haben, als abschreckendes Beispiel hinzustellen: weil ich von meiner Lehrstelle davongelaufen bin und nichtstuend zu Hause hocke. Besonders für den Älteren fürchten sie mein schlechtes Beispiel, weil er Mechaniker lernt, obwohl es ihn nicht freut. Am einfachsten wäre, mich wieder zum guten Beispiel zu machen. Jetzt wirds aber Zeit, sagt der Onkel, das geht ja nicht, liegst deiner Mutter auf der Taschen, man muß doch an später denken. Der Mensch hat einen Beruf. So geht das nicht. Ich soll irgendwas lernen, irgendeinen Beruf, die paar Jahre sind schnell vorbei, und dann kommst zu uns, sagt er, zur Zollwache. Ich habe ihm schon oft gesagt, daß mich das nicht interessiert, da blöd an der Grenze herumrennen. Machst eben Beamtenmatura, sagt er, und wirst Offizier, schau dir unsern Rittmeister an, was der für ein Leben hat. Geh hör auf, sagt die Tante, du mit deiner Zollwache. Aber irgendwie, sagt der Onkel, muß er auf den rechten Weg. Das geht ja dich nichts an, sagt die Tante. Und ob, sagt der Onkel, bin ich der Onkel oder nicht, wo er keinen Vater hat, der was sich kümmern kann. Wennst mich als Vater hättest, sagt er zu mir, mir wärst nicht aus der Lehr davon, mir nicht. Froh bin ich, sage ich, daß ich dich nicht hab. Sei nicht frech, sagt der Onkel, redet man so mit seinem Onkel. Was mischt dich denn ein, sagt die Tante. Schau nur, daß deine Buben was werden, sagt die Großmutter. Ihr habts ja keine Ahnung von Erziehung, sagt der Onkel, da ist es ja dann kein Wunder. Du hast die Gescheitheit mit dem Löffel gefressen, sagt die Tante. Ich warte darauf, daß die Großmutter mit dem Großvater anfängt.

Anfang April. Ich bin nur deshalb zur Großmutter gegangen, weil ich hoffe, daß meine Tante mir wieder Geld geben wird. Leider kommt der Onkel mit. Er hat sich kaum ausgezogen, als er mich schon fragt, ob ich arbeite. Ich grinse und zucke die Achseln. Na, jetzt sag einmal, was du willst, bellt er mich an, so gehts nicht weiter. Schrei nicht, sagt die Großmutter, und setz dich erst einmal nieder. Na, was willst denn eigentlich werden, sagt er ruhiger, mit schiefgelegtem Kopf, wie man ein Kind fragt. Weiß ich? sage ich, vielleicht Sänger. Geh, du spinnst ja, sagt meine Mutter. Aber warum, sagt der Onkel, wir würden eh einen Sänger für unsere Band brauchen. Das ist ja kein Beruf, sagt meine Mutter. Hast du eine Ahnung, sage ich. Sing einmal was, sagt der Onkel.

Ich stelle mich in Pose und singe ein paar meiner Lieblingsnummern herunter. Meine Mutter tippt sich ständig an die Stirn, die Großmutter sitzt mit offenem Mund da, die Tante lacht, daß ihr die Tränen kommen, schließlich lachen auch meine Mutter und die Großmutter, nur der Onkel bleibt ernst wie ein Schullehrer bei der Prüfung, tut so, als verstünde er wirklich was von dem, was ich da vormache. Ein bissel modern ist es halt, sagt er, aber die Leut wollen heute eh sowas. Das ist ja ein Affentheater, sagt meine Mutter. Ihr verstehts das nicht, sagt der Onkel, die Jugend will heut sowas. Geh, sagt die Tante, ihr spielts doch lauter Runde und nicht sowas. Was weißt denn du, ist der Onkel beleidigt, wo wir doch längst auf Jazz spielen. Bei den Kirtagen, sagt die Tante, wo ihr spielts, spielts lauter Runde. Du mußt einmal vorsingen kommen, sagt der Onkel zu mir. Ja, sage ich, wann denn. Na, am Mittwoch, sagt der Onkel, da haben wir Probe.

Gleich nach dem Mittagessen fahre ich mit dem Fahrrad zu meiner Tante, obwohl ich erst am Abend vorsingen soll. Ich sage mir immer wieder, daß auch Tommy Steele klein angefangen hat. Er hat in einem Wirtshaus um Bier gesungen und ist dann *entdeckt* worden. Leider gibts bei uns keine Wirtshäuser, wo man um Bier singen kann. Die Leute wollen ihre Ruhe haben. Der Onkel ist noch im Dienst. Die Tante kocht Tee und streicht mir ein Butterbrot. Mein jüngerer Vetter ist »am Flug«, anstatt was lernen, sagt sie. Ich setze mich aufs Klo, wo neben dem Klopapierhalter ein gerahmter Spruch hängt: Wenn du einmal glaubst, es geht nicht mehr, kommt von irgendwo ein Lichtlein her. Das Wort »Lichtlein« ist durchgestrichen, darüber ist »Hausfreund« geschrieben. Ich singe alle Schlager, die mir einfallen, noch einmal durch. Später fahre ich mit dem Fahrrad durch den Ort, kaufe in einer Greißlerei mit Tabaktrafik eine Schachtel Jonny und setzte mich an den Teich, der knapp außerhalb des Ortes liegt. Ein Scheißnest ist das, denke ich, dagegen ist unser Ort eine Großstadt. Kein Kino, kein Garnichts. Ich rauche ein paar Zigaretten und stelle mir vor, daß der Film mit meiner Story, wenn ich dann einmal berühmt bin, so anfangen wird.

Knapp nach sechs kommt der Onkel nach Hause. Ah, da ist ja unser Caruso, sagt er. Was ist denn das, frage ich. Das war ein großer Sänger, sagt er, ein Opernsänger. Ach so, sage ich. Der Vergleich paßt mir nicht: Was ist so ein Opernsänger gegen den Tommy Steele. Ist ja nur lächerlich so ein Getriller. Wie ich jung war, sagt der Onkel, hab ich mir immer Opern angehört, das ist eine Musik. Er geht zum Ofen, nimmt einen großen Häfen mit lauwarmer Milch, schiebt mit einer Hand die Milchhaut zurück und trinkt. Wegen dem Magen, sagt er, das ist das beste Heilmittel. Er bildet sich ein, sagt die Tante, er hats mit dem Magen. Was weißt denn du, sagt der Onkel und geht sich umziehen.

Die Probe findet in einem Wirtshaus statt. Im Extrazimmer mit Hirschgeweih an den Wänden. Es sind schon alle da, ich muß allen die Hand geben. Keiner schaut so aus, wie ich mir die Leute einer ordentlichen Band vorstelle. Alle viel zu gewöhnlich. Der Kapellmeister, ein glatzköpfiger, dicker Mann, schaut überhaupt blöd aus. Lauter Dorftrotteln, denke ich mir. Mein Onkel sagt, das ist unser neuer Sänger. So? sagt der Kapellmeister ungläubig. Sänger willst werden, bist da nicht noch ein bissel zu jung? Ich werde sechzehn, sage ich. Es gibt noch jüngere, sagt mein Onkel. Na, probieren wirs halt, sagt der Kapellmeister. Ich soll Rote Rosen, Rote Lippen, Roter Wein singen. Das kann ich nicht. Dann eben Schwarzer Zigeuner. Auch nicht. Was kannst denn überhaupt, fragt der Kapellmeister. Mehr Modernes, sage ich. Ach so, sagt er, was denn zum Beispiel. ›High School Confidential Rock‹, sage ich, von Jerry Lee Lewis. Das kennt niemand von der Kapelle. Ich sage noch ein paar Nummern, aber erst ›Rock Around The Clock‹ ist bekannt. Leider kann ich den Text nicht richtig. Aber die verstehen sowieso kein Englisch, denke ich mir. Ich gebe den Ton an. Eine Viertelstunde bemüht sich die Kapelle um den richtigen Rhythmus, aber es hört sich alles nach Polka an. Wir kommen nicht zusammen, entweder setzt die Kapelle zu früh ein oder ich, und wenn der Einsatz schon klappt, spießt sich unser Rhythmus. Nein, sagt der Kapellmeister, das wird nichts. Probieren wirs noch einmal, Walter, sagt mein Onkel, es ist eh schon fast gegangen. Nein, sagt der Kapellmeister, und außerdem können wir nur einen Sänger brauchen, der was auch Gitarre kann. Ich soll Gitarre lernen, und wenn ich es kann, will er es wieder probieren. Naja, sage ich, und dann hocke ich da, höre zu, wie die ihre Märsche und Walzer üben, manchmal kommt der Wirt herein, machts ein bissel leiser, sagt er, die Leut verstehen ja nichts beim Fernsehen.

Nach der Probe, die bis halbzehn dauert, wird noch eine Weile beim Bier geredet, und der Kapellmeister fragt mich, wo ich arbeite. Momentan gar nirgends, sage ich, weils nirgends wen aufnehmen. Bei uns in der Glashütte nehmens welche, sagt er. Kannst ihn hineinbringen, fragt mein Onkel und hat einen gierigen Blick dabei. Klar, sagt der Kapellmeister, wo ich im Betriebsrat bin. Dann gehst in die Glasfabrik, sagt mein Onkel. Naja, sage ich, als was denn. Ist doch wurscht, sagt der Onkel, Hauptsache, du hast eine Arbeit, hast eh schon so lang tachiniert. Aber Tachinierer, sagt der Kapellmeister, können wir bei uns nicht brauchen, bei uns heißts arbeiten. Ja eh, sagt der Onkel. Aber es ist mir zu weit, sage ich, jeden Tag so weit fahren, das ist mir zu weit. Nimmst ihn halt du, sagt der Kapellmeister zu meinem Onkel, der kann doch leicht bei dir wohnen. Naja, sagt mein Onkel, naja, das muß ich mir überlegen. Was gibts denn da zum Überlegen, sagt der Kapellmeister, wirst ihn schon unterbringen. Ja eh, sagt der Onkel, ja eh. Am Montag kannst dich vorstellen kommen, sagt der Kapellmeister.

Als ich mit meinem Onkel nach Hause gehe, sage ich, aber ich will ja Sänger werden. Kannst noch immer, sagt mein Onkel, aber jetzt gehst einmal in die Glasfabrik, paß auf, wie sich deine Mutter freut. Na schon, sage ich.

Beim Nachhausefahren versuche ich, mir vorzustellen, was ich in der Glasfabrik werde machen müssen. Obwohl ich einmal auf Schulexkursion dort war, fällt mir dazu nichts ein. Ich überlege, wie ich schnell zu einer Gitarre kommen könnte. Wenn ich in der Glasfabrik viel verdiene, meine ich, dann gehts.

Während der Portier der Glasfabrik telefoniert, hört er nicht auf, einen großen Stapel Zettel zu sortieren. Ein bissel mußt warten, sagt er dann zu mir, er kommt gleich. Weil der Portier viel freundlicher ist als der in der Textilfabrik, denke ich, da wirds sicher gescheiter sein. Der Kapellmeister kommt, grüßt den Portier, geh her da, sagt er zu mir, ich hab nicht viel Zeit. Er geht mit mir über den Hof ins Bürogebäude hinüber. Da wart jetzt, sagt er, und deutet auf ein Fensterbrett, wo schon einer in meinem Alter sitzt. Der Kapellmeister verschwindet in einer Tür, der neben mir kaut an den Fingernägeln und schaut mich aus den Augenwinkeln heraus an. Fängst auch erst an, frage ich. Ja, sagt er, als Einträger, und du? Weiß nicht, sage ich, wo sie mich hintun. Wirst sicher auch Einträger, sagt er. Was ist denn das, frage ich. So fängt ein jeder an, sagt er. Der Kapellmeister kommt mit einem Mädchen aus dem Zimmer, so, sagt er, ist erledigt. Danke, sage ich. Er gibt keine Antwort und geht.

Zum Personalchef, sagt das Mädchen, und bevor sie an die Tür klopft, flüstert sie: aber freundlich grüßen. Guten Morgen, sagen wir, als wir hineingehen. Jaja, sagt der Personalchef, habts schon einmal wo gearbeitet? Der neben mir hat noch nicht. Ich sage, wo ich vorher war. Und warum bist weg, fragt der Personalchef und schaut mich an, als wolle er mich hypnotisieren. Von den Farben hab ich Ekzem an den Händen gekriegt, sage ich. Aha, sagt er, aber eins sag ich euch gleich, damits auf keine blöde Gedanken kommts, wenns nicht spurts, seids schneller wieder draußen, als ihr herinnen warts. Wir nicken. Ihr machts alle zwei Frühschicht, sagt er, als Einträger, von dreiviertelfünf bis viertelzwei, Montag bis Samstag. Sie sind noch jugendlich, sagt das Mädchen. Das seh ich selber, sagt der Personalchef, dann habts ihr am Samstag eben nur bis dreiviertelzehn. Ich möcht fragen, sage ich, was wir gezahlt kriegen. Der Personalchef reißt die Augen auf, was? wird er laut, na, ihr seids mir zwei Früchterl, sind nicht einmal noch gescheit da und wollen schon Geld, seids froh, daß ich euch nehme. Ja, sage ich. Also dann reißts euch zusammen, sagt er und deutet dem Mädchen mit dem Daumen zur Tür. Auf Wiedersehen, sagen wir, und das Mädchen erklärt uns, daß wir in den Nachbarort zum Arzt fahren müssen. Haben Sie was zum Fahren, fragt sie. Ja, sagen wir.

Wir sind noch nicht ganz aus der Fabrik draußen, schieben unsere Räder am Portier vorbei, da sagt Gerhard, so heißt der, der mit mir anfängt, hättst doch nichts wegen dem Geld gesagt, sagt er. Aber ich habs doch wissen wollen, sage ich, glaubst, ich arbeite umsonst? Es macht einen schlechten Eindruck, sagt er, hast ja eh gesehen. Aber was, sage ich. Außerdem weiß ich ja eh, was wir kriegen, sagt er, mein Bruder ist ja auch drin. Wieviel, frage ich. Hundertachtzig in der Woche netto, sagt er. Was, nur? sage ich. Kriegst nirgends mehr, sagt er. Schon, sage ich. Geh, sagt er, und mit der Zeit kannst Nachbläser werden, dann hast du es im Akkord, dann gehts schon. Naja, sage ich, ob ich solang bleib. Klar, sagt Gerhard.

Beim Arzt kommen wir gleich dran, beide auf einmal. Ihr seids eh gesund, sagt er, das seh ich schon, oder? Jaja, sagen wir. Na also, sagt er und füllt zwei Formulare aus. Die gebts im Personalbüro ab, sagt er.

Die Fabrikshalle ist groß, hoch und zugig. Mir fällt ein, daß mir damals bei dieser Schulexkursion ein Arbeiter einen Glaskrug geschenkt hat. Er hat mich angegrinst, hat sich umgesehen und gesagt, mach deine Tasche auf, und hat mir heimlich den Krug in die Tasche gestellt. Der Krug hatte eine etwas sonderbare Form. Wahrscheinlich war es nur ein Ausschuß, aber ich war so überrascht, daß ich mich nicht einmal bedankt habe.

Wir werden eingeteilt. Da habts einen Einträger, sagt der

Schichtleiter, der uns in Empfang genommen hat, zeigts ihm halt, wies geht, es ist ein neuer. Die Werkstatt, der ich zugeteilt bin, macht kleine Parfümfläschchen aus dunkelblauem Glas. Die Fläschchen kommen mir bekannt vor, ich habe sie schon einmal irgendwo gesehen. An jeder Werkstatt arbeiten vier Mann. Ich denke, sie werden mir jetzt erst einmal erklären, wie alles gemacht wird, was jeder einzelne macht. Aber einer der drei Männer, ich bin der vierte, ruft den Einträger von nebenan, der mir zeigen soll, was ich zu machen habe. Ich muß die noch rotglühenden Fläschchen mit einer Zange auf eine kleine Schaufel legen, zum Kühlofen tragen und die Fläschchen dort auf das Förderband schieben. Es ist ganz einfach. Da kann wenigstens nichts schiefgehen, denke ich mir, da kann man nichts falsch machen. Niemand macht Anstalten, mir sonst noch was zu erklären. Ich frage den, der die fertigen Fläschchen auf einer Schamotteplatte abstellt, was da jeder macht. Der erste, sagt er, tuts Glas aus dem Ofen, der zweite ist der Meister, und ich bin der Nachbläser. Viel mehr als zuerst weiß ich jetzt auch nicht. Ich will es genauer wissen, sage ich. Schaust eben zu, sagt der Nachbläser, und dann schreit ihn schon der Meister an, sag dem blöden Buben, schreit er, er soll rennen, wird ja alles hin. Ich lade die Fläschchen auf die Schaufel, laufe zum Kühlofen, schiebe die Fläschchen hinein, aber weil ich die Schaufel nicht am Ende ihres langen Stiels genommen und mich zu weit in den Ofen hineingebeugt habe, versengt es mir gleich Augenbrauen, Wimpern und Haarspitzen. Du muß immer drei nehmen, sagt der Nachbläser, er ist dick und schaut gutmütig aus, weil sonst wirds Glas kalt und springt. Wenn ich drei nehme, bleibt keine Zeit zum Reden, denn wenn ich vom Kühlofen zurückkomme, stehen immer schon wieder drei Fläschchen zum Eintragen dort. Es wird nicht mit dem Mund geblasen, wie ich mir das immer gedacht habe, sondern mit Preßluft. Ich habe immer geglaubt, sage ich, das ist eine Kunst, und dabei gehts maschinell. Man muß es trotzdem können, sagt der Nachbläser.

Als ich sehe, daß hier sogar jüngere als ich rauchen, zünde ich mir auch eine Zigarette an. Ich warte darauf, daß mich jemand anschreit, aber keiner sagt etwas. Als ich mir zum zweitenmal eine anzünden will, sagt der Nachbläser, geh, sagt er, da brauchst doch keine Zünder, und er hält mir ein glühendes Fläschchen her.

Weil wir erst knapp nach elf vom Arzt in die Fabrik zurückgekommen sind, dauert es nicht lange bis Schichtende. Meine Tante fragt mich, wie es mir gefällt. Na, Brandblasen hab ich halt, sage ich und zeige ihr meine Hände. Wirst dich schon dran gewöhnen, sagt sie.

Das Interesse an dem, was in der Fabrik gemacht wurde, welche Tätigkeiten und Erzeugnisse es gab, ließ schon in den ersten paar Tagen nach, weil ich es mit meiner Tätigkeit in keinen Zusammenhang bringen konnte. Selbst die Umstellung unserer Werkstatt auf die Erzeugung einer anderen Art von Fläschchen, bei der nur die Model ausgewechselt wurden, sonst aber alles gleich blieb, konzentrierte meine Aufmerksamkeit nur kurz: Ich versuchte mich zu erinnern, ob ich die neuen Fläschchen schon irgendwo gesehen hatte und mit welchem Inhalt sie gefüllt gewesen waren, welche Marke sie getragen hatten. Aber ob mir dazu etwas einfiel oder nicht: wenn ich ein paar Schaufeln mit den neuen Fläschchen eingetragen hatte, wurden Farbe und Form gleichgültig, die bestimmten Fläschchen wieder wie vorher zu irgendwelchen nahezu eigenschaftslosen Dingen. Gerade heiß blieben sie, aber selbst das konnte man vergessen.

Und die Zeit verging einem nicht bei dieser Tätigkeit. War das Interesse an ihr verschwunden, und es ließ sich nicht aufrechterhalten, dann blieb nur das Warten zurück: auf die halbstündige Jausenpause, auf das Schichtende; dann wurde die Zeit aufdringlich, zu einem Gegner, den ich mit verschiedenen Tricks zu überlisten versuchte. So schätzte ich die vergangene Zeit absichtlich und gegen besseres Wissen kürzer, um angenehm überrascht sein zu können, daß es doch schon später war. Oder ich schob den dringenden Wunsch, auf die Uhr zu sehen, immer wieder hinaus, zehnmal noch zum Kühlofen, dann schaue ich erst, noch einmal zehnmal, immer wieder. Schließlich versuchte ich es damit, die eingetragenen Fläschchen zu zählen, wobei ich mir aber immer verbieten mußte, Rechnungen anzustellen (etwa: hundertzwanzig Fläschchen sind eine Stunde, wieviel sind zweihundertsiebzig?), weil sich die Zeit sonst in Fläschchen verwandelt hätte: die Zahl der Fläschchen durfte keinen Sinn haben. Wenn ich vergaß, bei welcher Zahl ich gewesen war, fing ich gleichgültig wieder von vorne zu zählen an. Manchmal habe ich auch bis zu einer bestimmten Zahl hinauf und dann wieder heruntergezählt.

Alles war willkommen, was auch nur eine minimale Abwechslung, eine Unterbrechung brachte: wenn sich der Asbestbelag meiner Schaufel löste und wieder befestigt oder überhaupt erneuert werden mußte; wenn man mich um Bier in die Kantine schickte. Alle tranken ständig Bier, weil die Luft so trocken war, daß der Tabak der Zigaretten wie Stroh knisterte und die Nasenlöcher schrundig wurden und die Lippen aufsprangen. Für die, die direkt am Ofen arbeiteten, kam noch die Hitze dazu. Das Bier mußten immer die Einträger holen. Weil es jedoch unrationell gewesen wäre, wenn der Einträger immer nur für seine Werkstatt Bier geholt hätte, mußte er stets für mehrere benachbarte Werkstätten auf einmal in die Kantine. Aber weil Bierholen für alle Einträger eine willkommene Abwechslung war, so war es auch ein Privileg, das diejenigen, die schon länger in der Fabrik waren, für sich in Anspruch nehmen konnten, sodaß ich anfangs nur selten gehen durfte. Stattdessen mußte ich, wenn der Einträger der Nachbarwerkstatt in der Kantine war, auch noch dessen Gläser eintragen, was zwar eine Abwechslung, aber eine Schinderei war, bei der man ins Keuchen kam. Man mußte dann eben doppelt so oft zum Kühlofen laufen, da die Schaufel nicht so groß war, als daß die Gläser von zwei Werkstätten darauf Platz gehabt hätten. Die Meister kamen dann meistens ins Brüllen, renn Rotzbub, das Glas wird kalt, weil sie im Akkord arbeiteten und nur tadellose Gläser als erzeugt galten. Für kurze Zeit war es nachher immer wohltuend, nur das Glas der eigenen Werkstatt eintragen zu müssen.

Die beiden Orte Alt- und Neu-N. (in Alt-N. steht die Glasfabrik) sind nur Anhängsel der Fabrik. Die drei Schichten zerteilen die Orte, die Häuser, die Familien, die einzelnen Menschen, lassen nichts ohne Einschnitt, Abschnitt. Selbst die, die nicht in der Fabrik arbeiten, die Kinder, die Hausfrauen, die Rentner und die paar Greißler und Wirte, hängen am Rhythmus der Fabrik, an der Stechuhr. Irgendwer, den man gerade da haben möchte, ohne den man eine Sache nicht anfangen kann oder will, hat ständig die andere Schicht. Die Surrogate in den Beziehungen nehmen überhand, weil der bestimmte gerade nicht da ist. Man käme mit der Hälfte der Betten aus, wenn man es nicht schon unhygienisch finden würde, in einem anderen als dem eigenen Bett zu schlafen.

Die Leute glauben, es liegt am Glas. Wenn es geschmolzen ist, sagen sie, muß es aufgearbeitet werden.

Unsere Werkstatt hat einen neuen Nachbläser bekommen. Er ist mir sofort sympathisch. Er schaut aus wie einer, den ich einmal in einem Film gesehen habe und der einen Halbstarken, ein Mitglied eines Rauschgiftringes gespielt hat und der mir wegen seiner Lässigkeit sehr imponiert hat. Ich weiß nicht recht, wie ich mit ihm zu reden anfangen soll. Ich probiere in Gedanken einige Sätze aus, aber sie scheinen mir alle zu gewöhnlich, würden, denke ich, nicht den richtigen Eindruck machen, den ich machen möchte. Ich ändere im Kopf den Tonfall, versuche ihn schleppend und so lässig zu machen, wie der im Film damals geredet hat. Schließlich zünde ich mir eine Zigarette an, halte auch ihm die Schachtel hin, magst eine, sage ich. Ich habe eh welche, sagt er und redet wirklich fast so, wie ich es erwartet habe. Na, nimm trotzdem eine, sage ich. Er nimmt eine. Als ich vom Kühlofen wieder zurückkomme, fragt er, ob ich neu da bin. Seit zwei Wochen, sage ich. Er ist schon über ein Jahr da. Ich frage, ob es ihm etwa hier gefällt. Scheiße, sagt er, das ist die ärgste Scheiße, was ich kenn. Den Weg zum Kühlofen gehe ich jetzt schneller, sodaß erst zwei Fläschchen fertig sind, ich auf das dritte warten muß und Zeit habe, mit ihm zu reden. Er wohnt nur ein paar Häuser weiter als meine Tante, heißt Frank, man sagt zu ihm »Fränkie«, er fährt nicht mit dem Rad in die Fabrik, sondern hat ein zweisitziges Moped, er ist siebzehn vorbei, sein Bruder arbeitet auch in der Fabrik, hat aber Nachmittagsschicht. In der ganzen geschissenen Gegend, sagt er, kannst ja sonst nirgends arbeiten, weil es gibt ja nichts.

Wir rauchen abwechselnd seine, dann meine Zigaretten, er zahlt mir ein Bier, ich zahle ihm auch eins, der Meister schaut giftig, weil wir soviel reden, hat aber keinen Grund, etwas zu beanstanden. In der Pause gehe ich mit ihm in die Packerei hinüber, wo fast nur Mädchen arbeiten. Er kennt alle, sagt mir ihre Namen, zwei von ihnen, sagt er, hat er schon gehabt. Wenns nicht alle so blöd wären, sagt er, wärens klasse Weiber. Es gelingt mir, genauso lässig zu sein wie er. Wir verabreden, am Nachmittag mit seinem Moped irgendwohin zu fahren. Überhaupt, sagt er, kann ich dich in der Früh mitnehmen.

Bevor ich am Nachmittag zu ihm gehe, erzähle ich meiner Tante, daß ich in der Fabrik einen Freund gefunden habe. Sie läßt ihn sich beschreiben, und als ich sage, wo er wohnt, schreit sie auf, jessas, die Hornbuben, gib dich mit denen nicht ab, das sind ja die ärgsten Rowdies. Ist ja gar nicht wahr, sage ich, der Franky ist ein klasser Bursch. Wo er schon so ausschaut, sagt meine Tante, daß du mir ja nicht hingehst. Ich geh, sage ich. Sie wird es meiner Mutter sagen, sagt sie. Das wird auch nichts nützen, sage ich.

Meine Tante weckt mich um dreiviertel vier, kocht mir Tee und streicht mir ein Butterbrot, das ich aber immer liegenlasse, weil mir schon ein einziger Bissen im Mund immer mehr wird und mich trotz Tee so würgt, daß ich nahe daran bin, zu erbrechen. Wenn ich aufstehe, können meine Vettern noch fast zwei Stunden weiterschlafen. Die haben ein Leben, denke ich. Ich trinke im Stehen meinen Tee, denn wenn ich mich niedersetze, schlafe ich wieder ein. Meine Tante wartet immer, bis ich weg bin, damit ich mich nicht wohinsetze und weiterschlafe, erst dann legt sie sich wieder nieder. Sie lehnt am Herd, während ich langsam den heißen Tee trinke, hat die Hände in den Taschen ihres Schlafrocks und stiert vor sich hin. Sie redet selten etwas, und wenn, dann gebe ich meist keine Antwort.

Mit dem Rad brauche ich eine halbe Stunde in die Fabrik. Es ist noch stockfinster draußen und ziemlich kühl, aber es dauert trotzdem mindestens den halben Weg, bis ich richtig wach bin. Ich habe die Augen halb geschlossen, trete ganz automatisch in die Pedale und döse vor mich hin. Manchmal stelle ich mir vor, daß ich zu treten aufhöre, immer langsamer werde und schließlich, schon fest schlafend, umfalle.

Die Viertelstunde, die ich länger schlafen kann, seit mich Franky auf dem Moped mitnimmt, ändert nicht das geringste. Auf der Fahrt in die Fabrik reden wir nie, höchstens, wenn es regnet, wird auf das Wetter geschimpft.

Ich habe mir schon oft vorgenommen, mich am Nachmittag einige Stunden hinzulegen, um mich einmal richtig auszuschlafen, habe es aber nie getan. Ich habe immer das Gefühl, etwas zu versäumen, obwohl ich nicht weiß, was man in diesem Nest schon versäumen könnte. Wenn ich am Nachmittag ganz ruhig irgendwo sitze, habe ich den Eindruck, als sei ich durch eine Milchglasscheibe von der Umgebung abgeschlossen. Franky sagt, ihm geht es auch so. Wennst in der Glasfabrik arbeitest, sagt er, bist ständig in Trance.

Der Weg in die Glasfabrik ist mir dann auch als Idylle begegnet: Die Mutter von Franky, die in der Fabrik als Glasprüferin arbeitete, war eine Dichterin. Ein Lyrikband von ihr (›Dornige Hauhechel‹ oder so ähnlich) war in irgendeinem Heimatverlag erschienen.

An einem Sonntagnachmittag war ich bei ihm, er reparierte an seinem Moped herum, später hörten wir uns die Schlagerparade im Wohnzimmer an (Nr. 1: ›Hang On Your Head Tom Dooley‹, Nr. 2: ›Wenn ich steh an der Bar und habe kein Geld‹). Neben einer Schreibmaschine sind ein paar beschriebene Blätter gelegen. Der Weg um fünfuhrfünfzehn, lautete die Überschrift. Ich habe es gelesen. Nachtnebel, ernstdunkle Bäume, Vogelstimmen, erste Sonnenstrahlen, Tauglitzern kamen drin vor, und dazwischen wurde gesagt, daß da wer täglich diesen Weg mit dem Fahrrad in die Fabrik macht. Die Fabrik wurde nur als Ziel der Fahrt genannt, erschien als die tägliche Möglichkeit, die herrliche Natur zu genießen. Ich sage zu Franky, daß ich sowas nicht schreiben könnte; ich merk gar nichts von Vogelstimmen, sage ich. Meine Mutter, sagt Franky, fährt ja auch später als wir, weil sie in der Prüferei erst um sechs anfangen. Ich glaube, sage ich, ich würds trotzdem nicht merken. Du bist eben kein Dichter, meint er, du hast nicht den Nerv für sowas, entweder spürt man das oder nicht, und dann ist man ein Dichter oder nicht. Hast du so einen Nerv, wenn du in die Fabrik fährst, frage ich. Manchmal schon, sagt er. Blödsinn, sage ich, wennst mit dem Moped fährst, hörst keine Vogelstimmen. Meine Mutter fährt ja mit dem Rad, sagt er.

Ich lese einen der Liebesromane, die meine Tante auf dem Nachtkästchen aufgestapelt hat. Es geht um ein Paar, das sich auf einem Ball kennengelernt und *unsterblich* ineinander verliebt hat. Plötzlich stellt sich heraus, daß sie Bruder und Schwester sind. In den Kriegs- und Nachkriegswirren haben sie einander als Kinder verloren und nun als Erwachsene wiedergefunden. (Das Mädchen versteht nicht, wie es die *Stimme des Blutes* mit der *Stimme der Liebe* verwechseln konnte.) Obwohl ich unbedingt wissen möchte, *wie die Geschichte ausgeht,* muß ich zu lesen aufhören, weil es schon ziemlich spät ist; ich kann sonst morgen überhaupt nicht aus dem Bett. Ich schlafe schlecht in dieser Nacht. Das *Schicksal* des Paares beschäftigt mich. Auch den ganzen folgenden Vormittag muß ich dran denken: Ich überlege, was passieren müßte, damit die beiden sich doch noch bekommen. Aber ich sehe keinen *Ausweg.* Immer wieder versuche ich, mir doch noch ein *Happy End* zu konstruieren. Aber für Bruder und Schwester gibt es nur eins: *Entsagung.* Ich würde mich aufhängen, denke ich, an dem seiner Stelle würde ich mich aufhängen. Oder in ein anderes Land gehen, um zu vergessen. Franky fragt, warum ich heute so dreinschaue. Heute, sage ich, freut michs Leben nicht. Aber ich sage ihm nicht warum.

(Natürlich waren sie dann gar nicht Bruder und Schwester. Sie war bloß adoptiert. Ich war sehr enttäuscht.)

Ich bin mit Franky zu einem Freund von ihm gefahren, der auch in der Glasfabrik arbeitet. Er hat ein eigenes Zimmer in einer Mansarde, mit einem Regal voll mit Science Fiction-Heften. Aber er borgt keine her. Ich hab schon soviele nicht wiedergekriegt, sagt er. Er interessiert sich für Radiotechnik und hat auf dem Tisch zwei alte Apparate stehen, denen die Innereien herausquellen. Ich frage, ob er sie reparieren will. Nein, sagt er, nicht reparieren. Ich habe auch einmal eine Uhr zerlegt, erzähle ich, und dann sind mir ein paar Zahnräder übergeblieben. Ich wills nicht reparieren, sagt er, ich baue was anderes draus. Was es werden soll, sagt er nicht. Es ist geheim, erklärt er, ich darf nichts sagen. Franky grinst und sagt, der Walter ist ein Geheimagent. Walter wird rot, springt auf und fährt Franky an, was verrätst mich denn dem da? Kannst es ihm ja ruhig sagen, sagt Franky, er ist eh ein Freund. Na gut, sagt Walter und dreht sich zu mir um, ich bin ein Agent. Von was, will ich wissen. Das ist geheim, sagt er. Ist alles ein Schmäh, sage ich. Wennst es nicht glaubst, sagt Walter, sperrt eine Schublade auf und nimmt eine Pistole heraus. Geladen, sagt er und zeigt mir das volle Magazin. Die ist wirklich echt, sagt Franky. Ich bin beeindruckt. Wennst schweigen kannst, sagt Walter, kannst auch Agent werden. Ja schon, sage ich, aber von was. Walter hebt plötzlich einen Finger an die Lippen, horcht, ist mit einem Sprung bei der Tür und reißt sie auf, aber es ist niemand draußen. Man kann nie wissen, sagt er, Feind ist überall. Ich will wissen, für was ich Agent werden soll. Zuerst mußt schwören, sagt Walter. Von mir aus, sage ich, und Walter zielt mit der Pistole auf mich. Wennst was verrätst, sagt er, bist ein toter Mann, ich brauch nur den Finger krumm machen. Ich kriege Angst, der ist vielleicht wirklich so verrückt und drückt ab. Gib das Schießeisen weg, sagt Franky, und spiel dich nicht so blöd. Ich warne dich, Frank, sagt Walter drohend und hält die Pistole auf Franky, steckt sie aber dann doch in die Hosentasche. Wir machen nicht viel Federlesens, sagt er, wer sich uns in den Weg stellt, streckt er den Zeigefinger aus und biegt ihn plötzlich ab: päng, sagt er. Dann erklärt er mir in vagen Andeutungen, daß er Unterführer einer großen Geheimorganisation ist, die bald die Macht über die Erde übernehmen wird, überall sitzen ihre Agenten, den Boß kennt niemand, auch er nicht, so geheim ist es. Das werden Funkgeräte, deutet er auf die zwei alten Radioapparate, damit wird er ständig mit den Agenten in Verbindung bleiben, da wird er die Befehle durchgeben. Durchjagen, sagt er. Ich meine, daß aber die Agenten dann auch alle ein Funkgerät haben müssen. Kriegen alle eins, sagt er, du auch. Aber man kanns ja nicht immer mitschleppen, sage ich, stell dir vor: beim Glaseintragen, da kann ich keins brauchen. Es wird aussehen wie ein gewöhnlicher Hörapparat für Schwerhörige, erklärt er, mußt eben sagen, daß du schwerhörig bist, dann fällt es nicht auf. Das leuchtet mir ein. Du mußt ihn ständig bei dir haben, sagt Walter, denn die erste Pflicht jedes Agenten ist: allzeit bereit sein. Wenn der Befehl kommt, daß es soweit ist, müssen alle spuren, sagt er. Natürlich müßte ich mich mit Elektrotechnik beschäftigen, weil die Organisation kann nur Wissenschaftler brauchen. Aber ich versteh was von Chemie, sage ich. Das geht auch, sagt er.

Wir gehen dann im Wald spazieren, Walter redet und redet, und ich habe die ganze Zeit ein blödes Gefühl im Hals, weil er die Pistole in der Hosentasche hat, sie auch manchmal herausnimmt und damit herumfuchtelt. Manchmal denke ich, es wäre eh nicht schlecht, wenn es wahr wäre, was er da redet.

(Jahre später habe ich Walter vor einem Kino wiedergetroffen. Wie gehts, alter Agent, hat er gesagt, nachdem er sich umgesehen hat, ob niemand zuhört.)

Zuerst ist Franky an eine andere Werkstatt versetzt worden, der neue Nachbläser war ein muffiger Kerl, der während der ganzen Schicht keine drei Worte mit mir geredet hat, und dann haben sie mich noch von den Fläschchen zu den schweren Literflaschen gesteckt. Zuerst nur der Stumpfsinn und jetzt noch die Schinderei dazu. Statt drei kleinen Parfümfläschchen habe ich jetzt drei schwere Weinflaschen auf der Schaufel, der Weg zum Kühlofen ist viel weiter, trotz des Gewichts muß ich die Schaufel am Ende ihres einmeterlangen Stiels nehmen, kann sie nicht kürzer fassen, um die Hebelwirkung zu verringern, weil ich sonst mit den Händen zu weit in den heißen Kühlofen hineinlangen würde. Das halte ich unmöglich die ganze Schicht durch, denke ich, keine Sau hält das aus, und ich stelle mir vor, wie ich die Schaufel ins berstende Glas schlagen werde, ein paarmal renne ich noch, sage ich, dann scheiß ich drauf, und ich renne doch immer weiter.

In der Pause bin ich so müde, daß ich gar nicht in die Kantine gehe, um mir etwas zu essen und ein Bier zu kaufen. Ich setze mich auf den Hof, lehne mich gegen eine Kiste und lasse mich vom

Wind anblasen. Franky gibt mir die Hälfte seiner am Kühlofen gebratenen Wurst und holt mir dann noch ein Bier. Geh, sagt er, ein Indianer kennt keinen Schmerz, reiß dich zusammen. Du hast leicht reden, sage ich, das ist ja eine Schinderei. Ich habs auch schon einmal gemacht, sagt er. Na, wars keine Schinderei, frage ich. Ich kann mich nicht mehr so genau erinnern, sagt er, aber ich habs ausgehalten. Aushalten werd ichs auch, sage ich, aber für was bring ich mich um? Hast geglaubt, die schenken dir was, sagt er. Nicht das Schwarze unterm Nagel, sage ich. Na siehst, sagt er.

Über eine Woche bleibe ich bei den Literflaschen. Man gewöhnt sich an alles, sagt Franky. Ich bin fast stolz darauf, daß ich mich daran gewöhnt habe. Schließlich muß man ja auch was aushalten können. Ein Mann hält schließlich was aus.

Mitten in einer Schicht kommt auf einmal der Schichtleiter und sagt, ich komme zum Schleifglas. Er hat gleich einen Ersatz für mich für die Literflaschen mit. Einen Neuen. Na, der wird sich anschauen, denke ich, gleich am Anfang in den ärgsten Dreck. Als mir der Schichtleiter zeigt, was ich zu machen habe, hätte ich mich am liebsten bedankt. Schleifglas, das sind dünne, mundgeblasene Weingläser. Nach den schweren Flaschen, meine ich, muß das ein Vergnügen sein. Vielleicht hat man mich mit den Literflaschen nur auf die Probe stellen wollen, und das ist jetzt die Belohnung, denke ich, vielleicht werde ich jetzt auch bald Nachbläser, wissen kann mans ja nie. Nach ein paarmal Hin- und Herrennen merke ich aber schon, daß das Eintragen von Schleifglas keine Belohnung, sondern eher eine Strafe ist. Man muß das Glas von zwei Werkstätten auf einmal eintragen: in jeder Hand eine langstielige Gabel, zwischen deren Zinken die Gläser stekken. Und man kriegt die Gläser nicht fertig zum Eintragen, sondern muß sie erst von der Pfeife schlagen. Man gibt etwas Wasser auf die Pfeifenmündung und schlägt mit einem Eisenstück das Glas ab. Nimmt man zuviel Wasser, springt das ganze Glas, nimmt man zuwenig, geht es nicht herunter. Ich habe nicht einmal Zeit, um ab und zu an einer Zigarette zu ziehen. Und wenn ich mich zu sehr beeile, um doch ein paar Züge herausschinden zu können, geht beim Abschlagen soviel zu Bruch, daß die beiden Werkstätten außer sich geraten: Ich bring dich um, du Sau, du Scheißkübel, du verschissener. Sie arbeiten ja im Stücklohn.

Am nächsten Tag, eine Stunde nach Arbeitsbeginn, spritzt mir beim Abschlagen ein Glassplitter knapp neben das Auge. Ich stelle mir vor, was wäre, wenn er nicht neben, sondern ins Auge gegangen wäre. Zuerst denke ich an Blindheit, sehe mich mit weißem Stöckchen eine Gehsteigkante entlangtasten, dann fällt mir plötzlich ein: Krankenstand. Ich hebe einen Glassplitter vom Fußboden auf, tue so, als riebe ich mir die Augen und lege den Splitter ins rechte Auge, in das, neben das der Splitter von der Pfeife gespritzt ist. Er wird sofort von einem Tränenschwall herausgeschwemmt. Jedesmal, wenn ich vom Kühlofen zur Werkstatt zurückkomme, versuche ich einen Splitter ins Auge zu legen. Zwei Stunden lang immer der gleiche Versuch, nur mit unterschiedlich großen Splittern. Schließlich bleibt ein ziemlich kleiner doch im Auge. Ich höre sofort zu arbeiten auf, schreie, mir ist ein Glas ins Aug, mir ist ein Glas ins Aug. Die Glasmacher meiner zwei Werkstätten müssen die Arbeit unterbrechen, weil nicht gleich jemand zur Hand ist, der mich vertritt. Aufgeregt, weil sie vielleicht nicht auf die Prämie kommen, wenn nicht gleich wer einträgt, geben sie mir Ratschläge, wie ich den Splitter herausbringen kann: Ich soll das Auge unter fließendes Wasser halten, soll nur nicht reiben, soll die Augen rollen, soll mit den Lidern klappern. Obwohl ich fürchte, daß der Splitter wieder herausgehen könnte, muß ich ihre Ratschläge befolgen oder wenigstens so tun, weil alle zusehen. Schließlich kommt der Schichtleiter doch mit einem Einträger, und sie können weiterarbeiten. Mich bringt man mit dem Firmenbus zum etliche Kilometer entfernten Augenarzt, wo ich gleich drankomme. Leider ist der Splitter auf der Fahrt schon herausgegangen. Da haben Sie Glück gehabt, sagt der Augenarzt, daß nichts zerschnitten ist. Er schmiert mir eine Salbe ins Auge, das noch immer kratzt und tränt, als sei der Splitter noch drinnen, bindet mir eine schwarze Augenklappe vor, aber: er schreibt keinen Krankenstand. Das hätte ins Auge gehen können, sagt er, als er mir die Hand gibt, und er grinst breit über seinen Witz. Ich grinse auch, obwohl ich heulen könnte, weil alles umsonst war.

Am nächsten Tag gehe ich trotzdem nicht zur Arbeit. Meine Tante glaubt mir den Krankenstand, weil ich ja die schwarze Binde habe. Ich gehe im Wald spazieren, weil ich denke, dort kann ich wenigstens die Binde herunternehmen, ohne daß es wer sieht und in der Fabrik meldet. Aber selbst schon tief im Wald erscheint es mir zu riskant, und ich lasse die Binde lieber oben. Länger als diesen einen Tag traue ich mich dann doch nicht ohne Krankenstand von der Arbeit wegzubleiben. Der Schichtleiter regt sich wegen dem einen Tag schon auf. Ich sage, mir hat das Auge so gekratzt, daß ich nicht schauen konnte. Überhaupt, sagt der Schichtleiter, das kommt ja nur davon, weil ihr ständig den Kopf woanders habts und nicht aufpaßts. So ein Trottel, denke ich mir. Nichts als Scherereien hat er mit uns Rotzbuben, sagt er, nichts als Scherereien. Ich komme wieder zu den Fläschchen, an eine Werkstatt gleich neben der von Franky. Der Einträger, der an meiner Stelle zum Schleifglas gekommen ist, muß dortbleiben. Er kann sich ja auch einen Glassplitter ins Auge tun, sage ich mir.

Zwei Tage später soll ich nach der Jausenpause wieder zum Schleifglas. Ich gehe nicht, sage ich. Der Schichtleiter starrt mich an, stottert, dann kommt er ins Schreien, wenn ich sag, du gehst, brüllt er, dann gehst. Ich gehe trotzdem nicht, sage ich. Dann schau, daß du verschwindst, brüllt er. Ich gehe in die Kantine, hole mir ein Bier und setze mich auf die Bank neben den Kühlofen, wo wir in der Pause immer sitzen. Ich schaue zu, wie die anderen arbeiten und habe ganz deutlich das Gefühl, daß ich da nicht mehr dazugehöre. Nach einer Weile entdeckt mich der Schichtleiter. Ich soll wieder zu den Fläschchen kommen. Ich mach überhaupt nichts mehr, sage ich. Der Schichtleiter stößt mit den Armen auf mich zu, was? was? brüllt er, und ich ducke mich, weil ich glaube, er will auf mich einschlagen, Scheißhund elendiger, was bildest dir denn ein, na, dir werd ich einen Herrn zeigen, schreit er, so eine freche Wanzen. Jetzt ist es aus, denke ich, und ich grinse ihn an, zynisch, mit einem Mundwinkel nach oben, einem nach unten, wie es Jeff Chandler im Kino gemacht hat und was ich zu Hause vor dem Spiegel geübt habe. Verschwind, bevor ich dich erschlag, schreit der Schichtleiter, und ich stehe auf, ich gehe ja eh freiwillig, sage ich und gehe über den Hof zum Bürogebäude.

Ich will meine Papiere, sage ich zu dem Mädchen im Vorzimmer des Personalchefs. Sie schaut mich verständnislos an. Kündigen will ich, sage ich. Aha, sagt sie, da müssens warten, weil es ist gerade wer drinnen, deutet sie auf die Tür des Personalchefs. Ich sehe mich nach einem Sessel um. Draußen, sagt das Mädchen, draußen müssens warten. Ich gehe auf den Gang, zünde mir eine Zigarette an, lese die Schilder an den Türen. Weil es keine Sessel am Gang gibt, setze ich mich auf ein Fensterbrett. Nach einer Weile kommt der Schichtleiter gelaufen, keuchend, läuft an mir vorbei, ohne was zu sagen, und verschwindet im Personalbüro. Er bleibt höchstens eine Minute drinnen, dann kommt er auf mich zu, hineingehen sollst, fährt er mich an, und ich merke, daß er sich nur mit Mühe beherrscht, nicht zu brüllen.

Der Personalchef schreibt, als ich in sein Zimmer komme, oder tut so, und als ich die Tür hinter mir zugemacht habe, streckt er einen Finger in meine Richtung, Sie sind fristlos entlassen, sagt er, in einer Viertelstunde sind Sie vom Werksgelände weg, bewegt er die Hand, als wolle er eine Fliege verjagen, und jetzt raus, schreit er auf einmal. Schreiens mit wem anderen, sage ich, aber nicht mit mir. Raus, brüllt er.

Das Mädchen im Vorzimmer geht mit mir ins Lohnbüro, wo sie mir die Abrechnung machen. Ist ja Ihre eigene Schuld, sagt sie auf dem Gang. Halt die Luft an, du blöde Gans, sage ich. Sie bekommt einen roten Kopf, und ich geniere mich plötzlich, daß ich das gesagt habe.

Nachts auf der Berliner Avus. Ein Mann in einem großen Auto, neben sich eine elegante Dame, schimpft über *Halbstarke*, die mit ihren schweren Motorrädern hinter ihm herfahren, ihn überholen, umdrehen, ihm entgegenkommen und ihn blenden. Er wird nervös. Eines der Motorräder schneidet ihm den Weg ab, sodaß er gezwungen ist, stehenzubleiben. Er steigt aus, will sich aufregen, plötzlich sind alle Motorräder da, der Mann wird ausgeraubt. Die Polizei kommt zu spät.

Ein verrauchtes Lokal: die Stammkneipe der Bande. Die Reden sehen nach Prahlereien aus. Eine Hand wirft eine Münze in den Musikautomaten, sofort beginnt der Schlager ›Charly Brown‹ (wer lernt die Vokabeln nicht, wer spielt Skat beim Englischunterricht, der Charly Brown). Die Bande horcht auf, sieht zum Musikautomaten: der *Boß*, Mario Adorf, ist da. Ein schmächtiger Junge, der Professor genannt wird, weil er stark kurzsichtig ist und eine dicke, runde Brille tägt, möchte Mitglied der Bande werden. Heute, wo alles so gut gelaufen ist, darf er endlich die Mutprobe ablegen. Die ganze Bande fährt mit. Der Professor muß den Kopf auf Eisenbahnschienen legen und darf erst im letzten Moment vor dem heranbrausenden Zug wegspringen. Ein paar andere Mitglieder machen zum Vergleich mit. Der Professor hat die besten Nerven, er springt als letzter weg. Niemand hätte ihm das zugetraut. Er ist aufgenommen.

Ein älterer, ärmlich aussehender Mann, Besitzer mehrerer Automaten oder Karussells in einem Vergnügungspark, geht am Abend abkassieren. Die Bande provoziert einen Verkehrsunfall, schlägt eine Scheibe am Auto des Automatenbesitzers ein und raubt ihm die Tasche mit dem Geld. Beim Einschlagen der Scheibe verletzt sich ein Bandenmitglied schwer am Arm. Der Boß setzt den Verletzten in seinen offenen Sportwagen und fährt mit ihm zu seinem Vater, einem ehemaligen, jetzt nur noch versoffenen Arzt. Die Polizei kommt wieder knapp zu spät. Sie hält ein Bandenmitglied, Christian Wolff, auf, *muß* ihn aber wieder weiterfahren lassen, weil sie ihm nichts *nachweisen* kann. Die Polizisten fluchen, weil sie wissen, daß er dabei war. Der Vater des Bosses ist natürlich so betrunken, daß er nicht einmal fähig ist, dem Verletzten einen Verband anzulegen. Er lallt herum und beschwört seinen Sohn immer wieder, von seinem schändlichen Treiben abzulassen, weil es einmal schiefgehen wird. Der Sohn nennt den Vater einen vollgesoffenen Schwamm. In der Stammkneipe wird die *Beute* geteilt. Der Boß gibt jedem seinen *Anteil:* ein Bündel Banknoten zwischen zwei Bierdeckeln.

Christian Wolff liegt mit seinem Mädchen, Corny Collins, in einer Gartenhütte. Sie hat einen sehr großen, weißen Büstenhalter an. Es dürfte eine Szene knapp nach dem Geschlechtsverkehr sein. Sie redet ihm ständig zu, mit der ganzen Sache aufzuhören und in der *Westzone* von Deutschland ein *neues* Leben anzufangen. (Die ersten Reihen des Publikums murren: Wenn ers ordentlich gevögelt hätt, sagt einer, täts jetzt die Goschen halten.)

Ein Polizist außer Dienst trifft *zufällig* Christian Wolff. Er sagt ihm, daß er weiß, daß er bei dem Überfall dabei war, daß man ihm nur nichts nachweisen konnte, aber beim nächsten Mal wird es ihn erwischen. Der Polizist weiß auch, daß Christian Wolff von Berlin weg möchte. Er sagt, daß er ihm helfen könnte, wenn Christian Wolff die Bande verraten würde. Das Bandenmitglied bestreitet *auffällig* vage, Mitglied der Bande zu sein. Der Polizist sagt, er soll sich die Sache überlegen, wo er doch garnicht für einen Verbrecher *taugt*. Im Grunde sei er nämlich *nicht so*. Für alle Fälle schreibt der Polizist seine Telefonnummer auf eine Streichholzschachtel und läßt sie auf dem Tisch liegen. Christian Wolff nimmt sie, legt sie wieder zurück und steckt sie dann schnell ein.

Die Bande trifft sich in ihrem Versteck, einer alten aufgelassenen Fabrik. Der Boß erklärt den nächsten *Coup:* ein Geldtransport der Post soll überfallen werden. Es ist alles genau *geplant*. Bevor die Bande das Versteck verläßt, wischt eine Hand die Lageplanskizze vom staubigen Fenster.

Dazwischen wird das *Leben* des Bosses mit seiner Geliebten, Elke Sommer in einem sehr kurzen, sehr dünnen Hemdchen, vorgeführt. Der Boß kann sich offenbar bei weitem mehr *leisten* als die übrigen Bandenmitglieder.

Postbeamte zählen Geldbündel und verladen sie. Ein Bandenmitglied in Postuniform, das zum Auskundschaften vorausgeschickt wurde, merkt, daß die Sache *verraten* worden ist. Im *letzten Moment* kann er die Aktion zum Stehen bringen. Man weiß, der Verräter muß in den eigenen Reihen sein. Man versammelt sich in der Fabrik, und der *Verdacht* fällt bald auf Christian Wolff. Die Streichholzschachtel mit der Telefonnummer des Polizisten *überführt* ihn endgültig. Die Bande berät das *Urteil* für seinen Verrat. Es lautet auf Tod. Aber es ist nicht ernst, weil alle wissen, daß keiner den Mut haben wird, das Urteil zu *vollstrecken.* Plötzlich sagt der Professor, er wird es machen, er traut sich. Der Boß hält ihm eine große Pistole hin, der Professor nimmt sie, seine Hand zittert, Schweiß steht ihm auf der Stirn, keiner atmet, und dann schießt der Professor. Christian Wolff kippt um. Alle sind entsetzt. Das hat keiner gewollt. Der Professor fängt zu schluchzen an. Der Boß stürzt zu seinem Wagen, um seinen Vater, den Arzt, zu holen. Es regnet in Strömen. Der Film heißt: ›Am Tag als der Regen kam‹. Gert Fröbe ist *total* besoffen. Mario Adorf schleppt ihn ins Auto. Er macht das Verdeck auf. Der Regen macht den jammernden Gert Fröbe wieder etwas nüchtern. Als sie in der Fabrik ankommen, ist Christian Wolff schon gestorben. Die Bandenmitglieder lehnen vollkommen niedergeschlagen herum. Man weiß keinen *Ausweg* mehr. Gert Fröbe wankt langsam zu einer Telefonzelle.

Der Bruno und ich haben uns den Film einmal am Samstag und zweimal am Sonntag angeschaut. Wir haben uns in der folgenden Woche auf dem rechten Oberarm die beiden Buchstaben C. B. (Charly Brown) eintätowiert. Wir haben davon geredet, nach Wien zu fahren, um uns einen langhaarigen Angorapullover zu kaufen, wie ihn Mario Adorf angehabt hat. Wir haben die ganze Gegend nach einer aufgelassenen Fabrik als Versteck abgesucht, aber keine gefunden. Die Platte ›Charly Brown‹ hat es leider auch in keinem einzigen Lokal der Stadt gegeben. Weil der Bruno auf sieben Wochen in die Berufsschule fahren mußte, haben wir die Sache aufgeschoben. In dieser Zeit habe ich dem Mehringer, einem Schulfreund, den Film erzählt. Er hat sich auch C. B. eintätowiert. Er war Lehrling in einer Schlosserei. Nach meinen *Plänen* hat er etliche Dietriche gemacht. Ich habe keine Ahnung gehabt, wie ein Dietrich wirklich aussehen muß, um brauchbar zu sein. Der Mehringer hat geglaubt, ich weiß es. Von Schlössern hat er als Schlosserlehrling deshalb nichts verstanden, weil er nur in der Schlosserei einer großen Fabrik war, wo sie ständig damit beschäftigt waren, immer größere Absaugröhren herzustellen.

Wir haben überlegt, welches *Ding wir drehen* könnten. Es ist uns nichts eingefallen.

Ich habe mich nicht darum gekümmert, wieder zu einem Beruf zu kommen. Meine Mutter fühlte sich ohnedies verantwortlich genug. Daß ich, als ich mir den Beruf selber aussuchte, *danebengegriffen* habe, war ihr Bestätigung genug, daß nun sie die Sache in die Hand nehmen müßte. Außerdem machte es ihr *Sorgen*, daß ich meine Arbeitslosigkeit als Ferien genoß und auf ihre Vorhaltungen, was weißt denn du, was es heißt, arbeitslos zu sein, nur die Schultern zuckte.

Arbeitslos sein, das war für sie das Ärgste, was einem passieren konnte, das war *die* Angst, etwas, das sie sogar noch mehr fürchtete als die üble Nachrede der Nachbarn, die auch noch dazu kam. Es war ihr unerklärlich, daß ich mit ihren Erfahrungen nichts anfangen konnte, daß sie mir nicht mehr waren als Geschichten, die sie mir immer wieder zum Einschlafen erzählt hatte: ihre Zeit als Dienstmädchen in Wien, die Dreißigerjahre bis zum »Umbruch«, in denen »ein Bettler dem anderen die Türklinke in die Hand gegeben hat«, der Zweite Weltkrieg, in dem es besser war als im Ersten: »da war wenigstens alles organisiert, hungern hat keiner müssen«.

Sie fing wieder an, sich umzuhören. In der Möbelfabrik hätten sie auch dieses Jahr nach den Ferien ein paar Lehrlinge aufgenommen. Aber meine Mutter fand, diese Chance hätte ich verspielt. Man könnte sich nicht anmelden, abmelden und dann wieder anmelden. Ich hatte nichts dagegen, daß *man* nicht konnte. Im Vorjahr war sie auch bei der Buchdruckerei am Stadtplatz fragen gewesen, wo man ihr gesagt hatte, erst im nächsten Jahr nehmen sie wieder wen. Das fiel ihr jetzt wieder ein. Das wäre sowieso das allerbeste gewesen, sagte sie. Einer ihrer Brüder war dort schon Buchdrucker gewesen. Davon gab es sogar ein Foto, das ihn lachend hinter einer Tiegeldruckpresse zeigte. Das war ein schöner Beruf, hieß es zu dem Foto, da hat er gut verdient. (Das Motorrad, seine Urlaube in Split, Abbazia, wovon es auch Fotos gab, wurden immer gleich als Beweis angeführt. In der damaligen Zeit, hieß es, ist das noch was gewesen, das hat sich nicht leicht wer leisten können.) Wenn sie mich dort nähmen, meinte meine Mutter, sei ich für mein Leben aus dem Wasser. Weil ihr Bruder schon dort gearbeitet hatte, glaubte sie, ich hätte sowieso mehr Anrecht auf diese Stelle als sonst jemand. Sie ist fast selbstbewußt fragen gegangen und ganz glücklich nach Hause gekommen. Endlich würde ich wieder *was* sein. Ich hätte sogar noch die Wahl: Buchdrucker oder Schriftsetzer. Ich habe vom einen so wenig gewußt wie vom anderen. Weil es mir in der Schule gelungen war, die Aufsätze stets nach den Wünschen der Lehrer, also *schöne* Aufsätze zu schreiben, meinte sie, Schriftsetzer sei für mich das Richtigere. Ich habe mir im Bilderduden die beiden Berufe angesehen. Viel konnte ich mir zu den gezeichneten Bildern nicht vorstellen. Der Buchdrucker hatte eine Schürze an, der Schriftsetzer einen Arbeitsmantel. Die Schürze hat mich an die Farbküche erinnert. Also habe ich mich für Schriftsetzer entschieden. (Als ich mich *vorstellen* ging und der Druckereibesitzer mich herumgeführt und den Schriftsetzern als künftigen Lehrling angekündigt hat, war ich sehr enttäuscht, daß die Arbeitsmäntel der Setzer nicht weiß wie die von Ärzten, wie ich mir das nach dem Bild im Duden vorgestellt hatte, sondern schwarz waren.) Die Frage, wie bald ich dort würde anfangen müssen, war mir ohnedies viel wichtiger. Meine Mutter hatte gehofft, sie würden für mich eine Ausnahme machen und mich noch vor dem Sommer nehmen. Zum Glück sah der Druckereibesitzer für eine Ausnahme keinen Grund. Ich würde *natürlich* zusammen mit dem Druckerlehrling anfangen. Als der Zeitpunkt feststand: 1. August, habe ich angefangen, die Tage zu zählen. Ich habe dann immer gewußt, auch als ich mich schon bemühte, es zu vergessen, wieviele Tage es nur noch sind.

Beim schönsten Wetter sitze ich zu Hause, habe meinen zerfledderten Schulatlas vor mir und schreibe alle Länder, die es gibt, auf ein Blatt in einer Reihe untereinander. Daneben schreibe ich dann die im Atlas unterstrichenen Hauptstädte und lerne sie auswendig. Um mich selbst prüfen zu können, schneide ich mir kleine Zettel, auf deren Vorderseite ich das Land und auf deren Rückseite ich die dazugehörige Hauptstadt schreibe. Ich mische die Zettel wie ein Kartenspiel und lege mir einen nach dem anderen als Frage vor.

Am Vormittag bin ich nämlich bei einem Freund gewesen, dessen Onkel, ein ehemaliger Schriftsetzer, gerade zu Besuch war. Als er gehört hat, daß ich Schriftsetzer werde, hat er gesagt, aha, aha, Schriftsetzer willst werden? na, dann sag mir die Hauptstadt von Afghanistan. Die weiß ich nicht, habe ich gesagt. Ich habe ja nicht einmal gewußt, wo Afghanistan liegt. Er hat geringschätzig seinen Mund verzogen, so, hat er gesagt, weißt du nicht? Das ist natürlich schlecht, sehr schlecht, Kabul ist die Hauptstadt, Kabul. Ich hatte den Namen noch nie gehört. Ein Schriftsetzer muß das wissen, hat er gesagt. Immer, wenn ein neuer Lehrling in die Setzerei gekommen ist, hat er ihn gleich, sagt er, nach der Hauptstadt von Afghanistan gefragt. Vierzig Jahre ist er Schriftsetzer gewesen, aber gewußt hat es nie wer.

Mir wird das nicht passieren.

(Als ich zum erstenmal in die Schriftsetzerei gekommen bin, habe ich darauf gewartet, daß mich jemand nach einer Hauptstadt fragt. Aber ich bin nach dem Komponisten der Oper ›Cosi fan tutte‹ gefragt worden. Ich hatte den Namen noch nie gehört. Ein Schriftsetzer muß das wissen, ist mir gesagt worden.)

Zuerst hat es im Ort nur Wirtshäuser gegeben. Wein, Bier, Korn, Rum, Kartenspieler, hauptsächlich ältere Männer. Dann gab es die erste »Bar«. Ein Espresso. Der Name »Bar« hatte was. Ich kannte das aus Filmen, Wildwest- und Kriminalromanen. Barhocker, Barkeeper, Cocktails, Whisky. Einen Cocktail kannte ich mit Namen: Manhattan. Endlich, schien mir, fängt sich auch bei uns im Ort was zu tun an. (Zuerst kommt die Planke, wo die Welt aufhört, sagten wir, dann kommt lange nichts, und dann kommt unser Nest.) Als ich an einem Sonntagnachmittag das erste Mal in der »Bar« war, gab es dort keine Barhocker, der Kellner redete Dialekt wie ich, und er kannte keinen Manhattan. Ich habe einen Cherry Brandy und einen Whisky getrunken. Schnaps hat es bei uns zu Hause nie gegeben. Selbstgemachten Likör zu Weihnachten. Glühwürmchen, Allasch, Kaiserbirn. Alles sehr süß und sehr mild. Die Flaschen vor dem Spiegel in der Bar haben mich sehr beeindruckt. Ein Stück vom *wirklichen Leben*, habe ich gemeint. Und es war nicht einmal so teuer. Auch die Gläser hatten andere Formen als in den Wirtshäusern. Die Namen der Getränke waren mir zum größten Teil fremd. Gin, Genever, Curaçao. Die Liköre mit den grellen Farben waren mir am liebsten. Es waren immer nur junge Leute dort. Lauter Ruß, sagte meine Mutter, lauter Gesindel. Sie ging höchstens einmal zum Bierholen in ein Wirtshaus. In eine ›Bar‹ wäre sie nie gegangen.

In der Mitte des Raumes war ein Tanzfläche, zumindest wurde dort getanzt. Aber es trauten sich nur die, die einen »klassen Schwung« hatten. Ich nie. Die »klassen Nummern« in der Musikbox habe ich bald auswendig gekannt. Ich bin eine Zeitlang jeden Samstagabend dort gewesen. Man kannte mich schon mit Namen, dadurch kam ich mir anerkannt vor. Als ich aber einmal zum Kellner, servus Willi, dasselbe wie immer, sagte, meinte er nur, red nicht so großgoschert daher und sag, was du willst. Ich habe mir daraufhin vorgenommen, nicht mehr hinzugehen, aber die Möglichkeit, diesen Vorsatz in die Tat umzusetzen, war zu gering: Alle meine Freunde gingen hin.

Auf dem Heimweg über die Brücke habe ich ein paarmal der Statue des heiligen Nepomuk den immer wieder erneuerten Sternenkranz vom Kopf gerissen und in den Fluß geworfen. Ich war der einzige, der sich das traute. Ich habe es nur gemacht, weil ich dadurch der einzige wurde. Es stand sogar in der Zeitung, »Vandalen am Werk« war die Überschrift. Ich habe den Zeitungsausschnitt lange bei mir getragen.

Es ist alles ganz anders als beim erstenmal, als ich Lehrling in der Textilfabrik wurde: Der Chef selber zeigt mir, wo ich mein Rad unterstellen kann; ich muß allen die Hand geben; die Druckerei ist klein, Küche, Zimmer, Kabinett, denke ich; es ist alles viel persönlicher. Obwohl ich weiß, daß ich auch hier nur einer wie die anderen bin, komme ich mir doch nicht ganz so auswechselbar vor. Ich halte das noch für einen Vorteil. Es gibt eine ganze Menge zu lernen. Aber ich weiß noch nicht, daß ich das alles nur lerne, um dann ganz schnell immer dasselbe zu machen.

Die Ordnung, die in der Setzerei herrscht, macht mir Angst. Ich weiß, die kommt nicht von selber. Überall, wo bisher eine Ordnung geherrscht hat, die mit mir nichts zu tun hatte, bin ich bald als unordentlich, als ein Gegner aufgefallen. (Obwohl sie meistens unordentlich sind, sind die Lehrlinge für die Ordnung zuständig, haben sie immer wieder herzustellen, auch wenn es nicht ihre eigene ist.) Die Ordnung, habe ich geglaubt, kommt aus den Setzkästen, wo jeder Buchstabe seinen Platz hat. Ein Buchstabe in einem falschen Fach ist ein Ärgernis, das meistens für mich Konsequenzen hat. Nach Beweisen meiner Schuldlosigkeit besteht kein Bedarf, selbst wenn sie sich erbringen lassen. Ich bin Lehrling: Der Fall ist klar. Die Ordnung und die Winzigkeit der Räume machen alles überschaubar. Der Rückzug, den die Fabrik mitunter erlaubte, ist hier nicht möglich. Ich habe meinen Platz, der unveränderbar ist: gleich neben der Treppe, die von der Druckerei herauf in die Setzerei führt. Wenn ich vom Setzkasten aufschaue, sehe ich dem Reisinger genau ins Gesicht. Mein Platz ist nicht zufällig, er ist mit Überlegung gewählt und nicht bloß der, der für den Lehrling gerade noch übriggeblieben ist: Der Reisinger muß mich jederzeit *unter Kontrolle* haben können.

Er, als ältester der Setzer, ist für meine Ausbildung zuständig. Was er anschafft, ist mir am ersten Tag gesagt worden, ist genauso gut, als hätte es der Chef selber angeschafft. Nach ihm muß ich mich richten, nach seinem Verhalten mein Verhalten einstellen. Es ist einfacher als in der Fabrik: Den Reisinger kann ich bald auswendig. Ich kann meinen Gesichtsausdruck allerdings nicht mehr hinter Regalen verbergen wie in der Farbküche. Der freundliche Gesichtsausdruck aber ist wichtig, weil er als Beweis gilt für mein Interesse an der Arbeit, für meinen guten Willen, für das Beherzigen von Erklärungen und Anleitungen. Ebenso wichtig wie der betroffene Gesichtsausdruck bei Strafpredigten. Manchmal merke ich, daß mein Gesicht sich meine Gedanken nicht folgenlos gefallen läßt: Dann bücke ich mich schnell und krame in den unteren Schubladen mit den Steinschriften. Wenn ich dann wieder auftauche, kann ich dem Reisinger ins Gesicht sehen, ohne daß er gleich sagt, was schaust denn so deppert, oder daß er mein Gesicht zum Anlaß nehmen kann, mir zu sagen, was er mir noch alles abgewöhnen wird. Den Setzkasten, den ich am ersten Tag bekommen habe, um die Fächer auswendig zu lernen, habe ich als eine Bosheit des Reisinger ansehen müssen, weil er eine alte Frakturschrift enthalten hat, verschnörkelte Buchstaben, die ich nicht einmal gedruckt ordentlich habe lesen können und schon gar nicht spiegelverkehrt.

Der Reisinger hat neben sich auf dem Fensterbrett immer eine Bierflasche mit Wasser stehen, genau auf dem Ring, den die Feuchtigkeit der Flasche im Laufe der Zeit auf dem Fensterbrett hinterlassen hat. Jeden Morgen muß ich ihm als erste Arbeit die Flasche in der Druckerei unten mit frischem Wasser füllen. Das machst jetzt jeden Tag, ohne daß ich noch extra was sagen muß, hat er am ersten Tag gesagt. Es gibt viele solche Arbeiten, die ich machen muß, ohne daß sie mir wer anschafft. Und es sind immer solche, die *eigentlich* mit meiner Ausbildung zum Schriftsetzer nichts zu tun haben. Meine Dienstleistungen sind Selbstverständlichkeiten, da gibt es kein Bitte, kein Danke, wenn der Reisinger frisches Wasser will, hält er mir einfach die Flasche her. Ich funktioniere, wie man es von mir erwartet (wäre ja noch schöner, sagt der Reisinger), meine Ausbrüche finden nur noch selten in der Setzerei statt. Meist nur noch im Papierkeller, wenn ich ganz allein bin, im Klo, am Abend vor Freunden, nur noch im Kopf. Meistens nur noch im Kopf. Ich habe gelernt, die Folgenlosigkeit meiner nicht wahrnehmbaren Proteste als etwas für mich Günstiges anzusehen.

Aber natürlich braucht der Reisinger nicht unbedingt einen Anlaß, um auf mich loszugehen. Es genügt ihm, daß ich da bin, daß jemand da ist, an dem er seinen Ärger auslassen kann, seine Katerlaunen. Angeblich säuft er; die Bierflasche mit Wasser, die ich ihm bringen muß, ist gegen seinen Brand. Und angeblich hat er eine giftige Alte, bei der er nichts zu reden hat. Aber was interessieren mich die Ursachen. Für mich macht es keinen Unterschied, ob er gute Gründe hat oder schlechte oder auch gar keine. Ich frage mich, was der Reisinger täte, wenn kein Lehrling da wäre. Die beiden anderen Schriftsetzer, Gesellen, kann er schlecht anstänkern, der Berner ist ein Schulfreund vom Chef, der Pirkmann ist ein Lamperl und schon seit drei Wochen ausgelernt. Zu beiden muß der Reisinger Sie sagen, das würde ihn hindern, ihnen die Namen zu geben, die er mir gibt. Obwohl ich früher mit dem Pirkmann per Du war, muß ich jetzt Sie sagen, weil es der Reisinger nicht verträgt, daß der Lehrling zu jemandem Du sagt, zu dem er Sie sagen muß.

Der Chef existiert für mich nur als einer, den ich freundlich grüßen muß. Er grüßt freundlich zurück, kümmert sich aber nicht um mich. Er kommt nur in die Setzerei, um dem Reisinger Aufträge auf den Setzkasten zu legen. Eine Zeitlang glaube ich, daß er gar nicht weiß, wie der Reisinger zu mir ist, und daß es ihm, wenn er es wüßte, auch nicht recht wäre. Ich überlege, ob ich es ihm nicht einmal sagen soll. Aber ich weiß auch, daß der Reisinger genug Möglichkeiten hat, mich zu schikanieren, für die ich nicht einmal Sätze habe, um mich darüber beklagen zu können. Es ist ja nichts Großes, nichts Außergewöhnliches, was er mit mir macht. Es ist nur der tägliche, der alltägliche Versuch, seine Vorstellungen, wie Lehrlinge zu behandeln sind, zu verwirklichen: Mir wirst nicht über den Kopf wachsen; du wirst noch *so* klein werden (zwei Zentimeter zwischen Daumen und Zeigefinger); bei mir wirst keine Ausnahme sein.

Früher soll der Chef anders gewesen sein, nicht so ruhig. Wenn ihm irgendetwas schiefgelaufen ist, soll er zehn Minuten später schon eine Kognakfahne gehabt haben und alle Augenblicke einen Vollrausch. Das macht ihn mir nachträglich noch sympathisch. Wenn ich mir das vorstelle, dann sind das Gedanken, in denen kein Chef vorkommt, sondern nur einer, der säuft, der mit sich selber nicht fertig wird. Aber diese Vorstellung nützt mir nicht viel: ich habe nichts davon, wie er *als Mensch* ist, wenn er mein Chef ist.

Unten im Papierkeller steht ein Kasten, in dem alkoholische

Getränke gestapelt sind. Lauter Getränkemarken, die mir besonders teuer vorkommen. Ich schreibe mir nach und nach alle Marken auf, um sie später einmal zu kaufen, wenn aus mir etwas geworden ist (etwas, wozu ich nicht Schriftsetzer lernen müßte, und was damit auch garnicht zu erreichen ist). Ich registriere jeden Zugang und Abgang und weiß wahrscheinlich besser Bescheid als der Chef selber, was er an Getränken im Keller hat. Erst nach Monaten mache ich Norbert, den Druckerlehrling, der gleichzeitig mit mir angefangen hat, hier zu arbeiten, auf den Kasten im Keller aufmerksam. Er hat aber kein besonderes Interesse, meint nur, wenn es sicher wäre, daß der Chef nicht genau wüßte, wieviel er hat, könnten wir ja einmal. Aber wir können uns beide nicht vorstellen, daß er es nicht genau weiß. Wenn ich solche Getränke hätte, meine ich, wüßte ich es immer ganz genau.

Die Texte, die ich zuerst setzen darf und dann schon muß, interessieren mich kaum: Bimssteinreklame in sechs Sprachen, Briefköpfe, Visitenkarten, Geschäftsanzeigen, Hochzeitsanzeigen, Geburtsanzeigen. Nur das Kinoplakat ist eine Ausnahme: Ich weiß früher als die anderen im Ort, welche Filme kommen werden. Aber meistens muß ich ohnedies nur die von den anderen gesetzten Texte zerlegen und die Buchstaben und das Blindmaterial in die entsprechenden Fächer zurückordnen. Nur für die Partezettel und die Kranzschleifen bin ich allein zuständig. Im Spätherbst und am Frühlingsbeginn sind es oft drei, vier Partezettel und zwanzig, dreißig Kranzschleifen am Tag. Manchmal glaube ich schon, ich bin bei der städtischen Leichenbestattung angestellt. Es wäre einfacher (und wird, wenn kein Lehrling da ist, auch so praktiziert), im Satz immer nur die jeweiligen Daten zu ändern, den übrigen Satz aber stehenzulassen, weil der Text der Parten ja immer gleichbleibt. Aber weil ich was lernen soll, auch dann noch, als ich schon so gut und schnell setzen kann wie die übrigen Setzer, muß ich immer den ganzen Text absetzen: In tiefer Trauer, innigstgeliebter, unvergeßlicher Gatte, Vater, Bruder, Schwager, nach kurzem, schwerem Leiden, plötzlich und unerwartet, versehen mit den heiligen Sterbesakramenten (den Tröstungen der heiligen Religion), selig im Herrn entschlafen, für immer von uns gegangen, die tieftrauernden Hinterbliebenen. Wenn der Reisinger, der Hund, einmal stirbt, denke ich oft, dann werde ich auch seinen Partezettel setzen. Ich hätte ihm das gerne gesagt. Aber ich erzähle nur, daß ich es zu ihm gesagt habe.

Ich habe mich leichter gewöhnt als beim erstenmal, als ich Lehrling in der Textildruckerei geworden war, weil mir vieles schon bekannt war und man mich schon an vieles gewöhnt hatte und weil mir vieles, das mich damals gestört und das mich unzufrieden gemacht hatte, schon zur Selbstverständlichkeit geworden war und nicht mehr auffiel. Ich habe mich leichter gewöhnen können, weil ich von Anfang an keine Hoffnung mehr gehabt habe, nicht ganz der letzte Dreck zu sein. Meine Hoffnungen habe ich in die Zeit danach verschoben, und die Zeit nach der Lehre ist mir dadurch zu einem Ziel geworden. Weil ich dieses Ziel erreichen wollte, habe ich meine Lehrzeit als etwas angesehen, das man eben aushalten muß, so wie es ist. Ich habe nicht mehr gleich alles erwartet, sondern auf eine bessere Zukunft hoffen gelernt. Daß ich schon oft Wünsche für eine Zeit *danach* aufgeschoben hatte – wenn ich einmal groß bin, wenn ich erst einmal aus der Schule bin (wo sie sich dann, wenn sie nicht schon längst vergessen waren, als noch immer unerfüllbar herausgestellt hatten) –, das hatte ich zwar noch nicht vergessen, aber es sagte mir nichts. Ich hielt es nicht für dieselbe hilflose Illusion, weil ich mir dafür schon viel zu erfahren vorkam. Und weil es ja tatsächlich genug gab, das offensichtlich nur den Lehrling traf, habe ich meine ganze Unzufriedenheit auf diese Dinge laden und mir die Zeit nach meiner Lehre als frei von allen Übeln vorstellen können.

Ein Sonntag Ende Oktober. Ich bin am Nachmittag durch den Ort gelaufen, habe aber keinen meiner Freunde getroffen. Fürs Kino ist es noch zu früh gewesen, erst kurz nach drei, ich bin aber trotzdem die schmale Gasse zu den Stadtlichtspielen hinuntergegangen. Ich habe mir die Bilder in den Schaukästen angesehen, lauter Kriegsszenen; ein klasser Film, habe ich gedacht. Plötzlich ist die Gitti neben mir gestanden, und wir haben uns angestarrt. Mir ist sofort das Feuerzeug wieder eingefallen, das ich ihr damals schenken wollte. Na, hat sie gesagt, was schaust denn so. Ich habe schnell irgendetwas gesagt, was ich aus Verlegenheit sofort wieder vergessen habe. Wir haben über den Film geredet, über die Bilder. Ich geh sicher, habe ich gesagt und auf das Bild gedeutet, wo zwei Männer mit Stahlhelmen hinter einem MG lagen. Naja, hat sie gesagt, wenn mir nichts Besseres einfällt. Ich habe mich gewundert, daß wir miteinander reden konnten.

Wir sind dann, noch absichtslos, zum Stadtplatz hinaufgegangen, aus Langeweile nebeneinander, einer für den anderen nur ein Ersatz, und ich habe gemeint, daß wir in die Konditorei gehen könnten. Da sitzen ja lauter so Leute, hat sie gesagt, lauter so Bessere, und ich bin froh gewesen, daß sie es gesagt hat, bei mir hätte es nach Feigheit ausgesehen. Gehen wir eben spazieren, habe ich gesagt, und sie ist plötzlich stehengeblieben, hat mich angeschaut und zu lächeln angefangen. Ich habe mir schnell eine Zigarette angezündet und gleich einen Weg eingeschlagen, der aus dem Ort führt.

Zuerst habe ich alle Sprüche losgelassen, die gezeigt haben, was ich für ein Kerl bin, lauter Beweise, daß ich schon längst nicht mehr der sei, den sie damals so ohne weiteres hat stehenlassen können. Dann haben wir uns erzählt, was wir seit *damals* gemacht haben (ohne das Wort *damals* in den Mund zu nehmen). Sie hatte es zuerst als Verkäuferin probiert und war dann, weil die Bezahlung besser war, als Helferin in eine Weberei gegangen. Sie hat gesagt, was für ein hinterfotziger Sauhund der Webmeister sei, und ich habe sagen können, genau wie mein Reisinger, die Sau, und ganz plötzlich habe ich den Wunsch gehabt, ganz zärtlich zu ihr zu sein. Wir sind über die vertrockneten Wiesen gegangen, nebeneinander und noch ohne einander zu berühren, aber wir haben gewußt, daß es nicht mehr lange dauern wird. Wir haben auf die günstige Gelegenheit gewartet, auf die zufällige Berührung, um sie als Anlaß nehmen zu können. Wir haben nicht mehr nur geredet, um keine Pause entstehen und die Frage auftauchen zu lassen, warum wir da nebeneinander gehen. Sie ist mit ihren spitzen Absätzen oft im weichen Rasen eingesunken, aber sie hat kein Wort darüber verloren. Ich habe gewußt, wenn wir jetzt nicht umdrehen, kommen wir ins Kino zu spät, und ich habe ein paarmal auf die Uhr gesehen. Wir können ja in die nächste Vorstellung gehen, hat sie gesagt, ich hab ja eh erst Nachmittagsschicht. Ich habe die Geduld verloren und habe meine Hand in die ihre geschoben, und wir sind lange nebeneinander hergegangen, ohne einander anzusehen, so als dürften wir nicht wissen, was unsere Hände tun. Als wir über den schmalen Steg gegangen sind, der über den Abfluß des Teiches führt, sind wir einander so nahe gekommen, daß wir nicht mehr ausweichen konnten. Sie hat mich dann gefragt, ob ich an damals denke, und ich habe daran gedacht und gesagt, aber geh, das waren ja Kindereien. Und ich habe mich gewundert, daß ich daran wie an etwas Schönes habe denken können.

Auf der Bank im Park hinter dem Strandbad ist es dann schon dunkel und sehr kühl gewesen. Es war sehr schön, so dicht neben ihr, neben ihrer Wärme, und auf einmal bin ich ärgerlich geworden, das ist jetzt schon *so* angenehm, habe ich gedacht, da ist sicher schon Liebe dabei. Ich bin heftig von ihr weggerückt und habe gesagt, nur keine Vanille.

Genauso hat es der lässige Typ ein paar Tage vorher im Kino gemacht, nur keine Vanille, hat er gesagt, wenn das Mädchen, das auf ihn gestanden ist, zu zärtlich geworden ist, wenn sie ihre Gefühle zu deutlich gezeigt hat. Mir hat das imponiert, der hat *alles* von ihr verlangt, nur keine Liebe, das macht alles nur unnötig kompliziert, hat er gesagt, in dem Film, in dem es laut Kinoplakat um die Probleme von Jugendlichen gegangen ist. So muß man die Mädchen behandeln, habe ich gefunden, nur so.

Aber die Gitti hat den Film leider nicht gesehen. Was soll denn das, sagt sie, was heißt denn das: nur keine Vanille. Ich ärgere mich, daß ich es ihr erst erklären muß. Sie hält das ganze für einen Blödsinn, der nur im Film vorkommt. Außerdem, sagt sie, frieren mir die Zehen ein. Ja, sage ich, Sommer müßte jetzt sein, und ich denke daran, daß sie dann nicht soviel anhätte, jetzt ist es nur unbequem, man kann nirgends dazu, gerade das Gesicht ist frei. Aber so kommt sie mir nicht davon, denke ich und schiebe meine Hand unter ihren Rock. Sie schiebt mir die Hand weg, ich schiebe wieder ihre weg, wennst auf mich stehst, sage ich, dann laßt mich. Nicht gleich beim ersten Mal, sagt sie. Ich nehme meine Hand weg, sei nicht so kindisch, sage ich, einmal muß es sein. Sie sagt nichts, und ich stehe auf und ziehe meinen Mantel aus, steh auf, sage ich, und während sie aufsteht, greife ich ihr zwischen die Beine. Sie lehnt sich an meine Schulter, und ich schaue an ihrem Kopf vorbei geradeaus ins Dunkel. Ich komme mir sehr überlegen vor. Wenn sie sehen könnte, denke ich, daß ich jetzt grinse. Ich lege meinen Mantel über die Bank, leg dich nieder, sage ich, und sie setzt sich zaghaft hin, ich drücke ihren Oberkörper auf die Bank zurück und will mich neben sie legen, aber die Bank ist zu schmal. Deine Unterhose mußt auch noch ausziehen, sage ich. Ich stehe neben der Bank, schaue ihr zu, ganz sachlich, eigentlich beobachte ich mich selbst. Nur keine Vanille, denke ich. Es ist ja so kalt, sagt sie. Gib deine Beine auseinander, sage ich und knöpfe meine Hose auf. Ich lege mich auf sie und will gleich hinein, aber es geht nicht. Ich rutsche auf ihr zurück, greife mit der Hand hinunter, will ihr meinen Zeigefinger hineinschieben, aber es geht nur bis zum Fingergelenk. Scheiße, sage ich und stehe auf und knöpfe meine Hose zu. Ich steh nicht auf Jungfrauen, sage ich und reiße den Mantel unter ihr weg. Sie steigt in ihre Unterhose, ohne etwas zu sagen. Ich stehe nur noch da, weil ich sehen möchte, wie sie reagiert. Aber sie sitzt ganz still auf der Bank. Sie sagt nichts, was für mich ein Stichwort sein könnte. Ich komme mir auf einmal hilflos und lächerlich vor.

Ich habe mich zwischen den Büschen durchgezwängt und bin auf den Weg hinuntergegangen. Unter einer Straßenlampe habe ich gesehen, daß es erst zehn vor acht ist, und ich habe zu laufen angefangen. Ich hätte sie haben können, wenn ich gewollt hätte, habe ich mir gesagt, und plötzlich ist mir eingefallen: das ist die Rache für damals. (Das habe ich dann auch meinen Freunden erzählt.) Als ich in den schon dunklen Kinosaal gekommen bin und in einer Seitenloge undeutlich die Umrisse eines *engumschlungenen Paares* gesehen habe, hätte ich am liebsten das Kino sofort wieder verlassen, um Gitti zu suchen. Auf der Kinoleinwand hat ein Unteroffizier ein paar Soldaten in den Morast eines Herbstackers gebrüllt. Da habe ich mich dann gleich wieder besser gefühlt.

Wenn der Reisinger zehn vor sieben noch nicht da ist, fange ich an zu hoffen, daß er nicht mehr kommt, daß er krank geworden ist, daß er sich unangekündigt für irgendeinen Zweck Urlaub genommen hat, daß er mit dem Rad gestürzt ist und sich den Schädel eingeschlagen hat. (Damals ist mir sicher noch mehr eingefallen.) Wenn ich ihn die Holztreppe heraufstampfen höre, ist meine Hoffnung wieder für einen Tag erledigt. Manchmal rettet mich ein Krankenstand, den ich nicht einmal vortäuschen muß, weil ich alle paar Monate eitrige Mandeln habe. Obwohl der Arzt jedesmal sagt, die müssen heraus, sonst kriegst noch was auf dem Herz, halte ich sie für ein Glück, das man sich bewahren muß.

Von meinen vier Wochen Urlaub verbrachte ich zwei Wochen in halben Tagen. Wenn mir der Reisinger zu arg oder das Zurückordnen der Buchstaben zu blöd wird, bitte ich manchmal, am Nachmittag in Urlaub gehen zu dürfen. Meistens muß ich einen Grund angeben, um das zu bekommen, was mir ohnedies zusteht. Aber weil meine Mutter keinen Mann hat, der die im Haushalt anfallende *Männerarbeit* erledigen könnte, fallen mir Ausreden immer ganz leicht ein. Der freie Nachmittag kommt mir dann vor wie ein Geschenk, das ich ganz grundlos bekommen habe.

Wenn der Reisinger wirklich einmal nicht da ist, darf ich schon vor fünf, schon ein paar Minuten vor Arbeitsschluß mit dem

Auskehren der Setzerei anfangen. Sonst muß ich warten, bis er weg ist. Und ich muß nicht alle Fugen des Bretterfußbodens nach Lettern absuchen, die der Reisinger dort oft versteckt, nur um mir am nächsten Morgen beweisen zu können, daß ich nicht ordentlich auskehre. Wenn er nicht da ist, fällt mir selten etwas auf, womit ich unzufrieden sein könnte, weil ich mir ständig vorsage, wie gut es mir heute geht und was mir durch seine Abwesenheit erspart bleibt.

(Aber die Tage, an denen er nicht gekommen ist, hat man an einer Hand abzählen können.)

Wir sind ein paar Stunden im Wirtshaus am Bahnhof gesessen, eine ganze Partie, irgendeiner, der jetzt nicht mehr da ist, hat Geburtstag gehabt und ein paar Liter Wein gezahlt. Alle sind älter als ich, aber das spielt jetzt keine Rolle mehr. Ich bin genauso gut wie jeder am Tisch, keinen stört es, daß ich noch Lehrling bin, was mir alle sehr sympathisch macht. Es ist Freitagabend, und die meisten haben noch die Blaue an, ihre Arbeitskluft, und sind noch ungewaschen. Alle saufen ganz schön, ich werde es auch noch lernen, ist mir schon ein paarmal versichert worden, sie werden mich eichen, hat mir der dicke Schlosser versprochen. Und dann ist jemand auf die Idee gekommen, gehen wir ins Kaffeehaus, machen wir uns die Hetz. Ein paar haben Einwände gehabt, das ist ja nichts für uns, und so wie wir ausschauen, und der Einfall ist für eine Weile vergessen worden. Aber als der Wirt um elf Sperrstunde gerufen hat und nicht mehr zu bewegen gewesen ist, uns noch etwas zu geben, ist das Kaffeehaus wieder aktuell geworden, weil es bis zwei Uhr offen hat. Da darf man sich nichts scheißen, sagt der Schlosser, und warum sollen mir denn nicht hingehen. Genau, sagt der neben ihm, genau, oder sind mir ein Dreck. Wenn ich besoffen bin am Freitag, sagt Kurt, ein Freund meines Bruders, durch den ich in die Runde gekommen bin, dann geh ich, sagt er, immer ins Kaffeehaus.

Ich bin noch nie im Kaffeehaus gewesen, habe mich nie hineingetraut, das ist nichts für unsereins, habe ich gedacht, da sind die unter sich, die über uns sind, und als wir hineinkommen, sehe ich, daß ich ganz recht gehabt habe: Plüsch und Kunstmarmor, *gedämpfte* Gespräche und natürlich lauter *Bessere.* So einen großen Tisch, wo wir alle hinpassen, gibt es nicht. Nur nichts scheißen, sagt der Schlosser und fängt an, mit viel Wirbel drei kleine runde Tische zusammenzurücken. Ich möchte am liebsten wieder gehen. Der Besitzer, den ich vom Sehen kenne, dreht schnell das Licht über dem Billardtisch ab und steht dann ganz steif in einiger Entfernung von uns und schaut verschreckt drein. Endlich sitzen wir alle, Wirtshaus, schreit einer, was ist denn. Der Besitzer kommt schnell an unsere Tischreihe, man sieht ihm an, wie verlegen er ist, bitte sehr, die Herren, sagt er und macht fast eine Verbeugung. Ich glaub, ich träume, sagt der dicke Schlosser. Mir bringst ein Bier, Heinzi, sagt der Kurt. Mir auch eins, bitte, sage ich. Alle bestellen, und der Besitzer rennt eilig davon. Der hat eine Angst, sagt einer, daß mir ihm die Bude umdrehen, wenn er nicht spurt. Als er die Getränke bringt, hat er die Hälfte vergessen. Na geh, grinst der Maurer, dem man seinen Beruf noch an den Händen ansieht, als Herr Doktor solltest dir das schon merken können. Ich sehe, daß die Leute, die nach *normalen* Kaffeehausbesuchern aussehen, zusammenzucken und die Hälse einziehen, als an unserem Tisch das Gelächter losgeht. Der Herr Doktor versucht mitzulachen, schafft es aber nicht ganz. Das ist wirklich ein Doktor, frage ich. Sowieso, sagt der Maurer. Was denn für einer, will ich wissen, aber niemand weiß es genau, Doktor Jus, meint einer, aber nein, nur Phil, glaubt ein anderer. Na, dann reißts euch zusammen, sagt der Schlosser, ihr seids ja nicht im Wirtshaus. Das ist wahr, denke ich, aber alle lachen nur, offenbar war das ein Witz. Mir ist das wurscht, sagt der Kurt, was er ist, für mich ist er der Heinzi. Die Marmorplatten der Tische sind nicht ganz geeignet für uns, für die Art, wie auf unseren drei Tischen die Gläser und Flaschen abgestellt werden. Aber meine Herren, sagt der Besitzer, bringt aber anstandslos neue Gläser und räumt die Scherben weg. Das ist ein Genuß, sagt der Maurer, wenn einen so einer bedient, ich hau gleich noch eins zusammen. Bist ein blöder Hund, sagt ein anderer, die mußt ja sowieso zahlen. Ich zahl einen Dreck, sagt der Maurer, wär ja gelacht.

Die meisten Leute, die schon da waren, als wir gekommen sind, brechen bereits auf. Ja, sagt einer von uns, heut sind mir da. Ich beschließe, den Besitzer, den Doktor, beim nächsten Mal auch Heinzi zu nennen. Nach zwölf kommen noch ein paar Partien, die ausschauen wie wir: Arbeiter, die sich nach der wöchentlichen Lohnzahlung in den Wirtshäusern, die für sie da sind, genug Mut angesoffen haben, um glauben zu können, das Kaffeehaus sei auch für sie da. Die Gespräche werden lauthals von Tisch zu Tisch und durchs halbe Lokal geführt. Es ist eh ein klasses Lokal, sage ich. Brauchst aber nicht glauben, sagt der Kurt, daß das jeden Tag so ist, das ist nur am Freitag so. Der Herr

Doktor rennt aufgeregt herum, um nur alles zur Zufriedenheit der Freitagnachtkunden zu erledigen. Aber so schnell, wie er bei den vielen Leuten, die noch dazu schnell saufen, sein müßte, ist er eben nicht. Na was ist, du Kaffeesieder, schreit einer, krieg ich jetzt was, oder bin ich kein Mensch? Der Herr Doktor lächelt auf alles nur verlegen, vielleicht soll es auch begütigend sein. Auf jeden Fall macht er sein Geschäft, sagt einer an unserem Tisch. Genau, sagt der Schlosser, weil die Besseren hocken eh am Geld und sitzen die ganze Nacht bei einem kleinen Braunen.

Die paar normalen Gäste, die noch immer da sind, verhalten sich sehr still, als wollten sie keinen Anlaß bieten. Der Kurt ist schon nicht mehr sicher auf den Beinen und rempelt einen an. Aber der Mann ist sehr höflich und tut so, als meine Kurt mit seinem »feiner Pinkel depperter« garnicht ihn, schließlich bringt Kurt ihn sogar zu uns an den Tisch. Ein Sparkassendirektorstellvertreter ist das, sagt er und hält ihm ein Glas Wein hin. Der Stellvertreter nippt, sauf ordentlich, sagt der Kurt, und der Direktor trinkt ein paar Schluck. Einer am Tisch sagt, der sauft ja meinen Wein, bist deppert, kannst doch nicht meinen Wein saufen. Der Stellvertreter zieht den Kopf ein und sagt, daß ihm das sehr unangenehm sei, nichts für ungut, sagt er, und er wird eine Runde zahlen. Na also, sagt der Schlosser, da habts ihrs wieder, er ist eh ein klasser Bursch. Der Maurer, der am meisten besoffen ist, kommt vom Klo zurück und hat sich ein Billardqueue in den Hosenschlitz gesteckt. Er geht zwischen den Tischen herum und macht ausführliche Onanierbewegungen. Ein Mann, der nach normalem Kaffeehausgast aussieht, kommt im selben Moment mit einer Frau am Arm zur Tür herein und dreht sofort wieder um. So eine, brüllt der Maurer, gehört eh gewetzt mit einer Brunnröhrn. Aber ich bitt schon sehr, sagt der Herr Doktor. Weils wahr ist, sagt der Maurer, trägt aber das Queue doch zurück.

Ich kriege bald nicht mehr viel mit, merke nur, daß der Wirbel immer ärger wird, was geredet wird am Tisch, verstehe ich auch nicht mehr. Mir fällt nur auf, daß der Besitzer Schwierigkeiten hat, uns seine Sperrstunde einzureden.

Auf dem Heimweg, der Kurt und ich haben uns eingehängt, kommt mir vor, heute war ich endlich wer und die Leute dort sind ja auch nicht so, wenn ich nur an den Stellvertreter denke. Sind doch alle eigentlich sehr nett. Ich kann mir durchaus vorstellen, dort jeden Tag hinzugehen.

Aber beim Aufwachen am nächsten Tag, als mir nach und nach

wieder einfällt, was alles passiert ist, habe ich sofort ein schlechtes Gewissen. Das ist ja einfach kein Gehörtsich von uns gewesen, finde ich. Hineintrauen werde ich mich jetzt dort noch viel weniger.

Als Weihnachtsgeschenk des Chefs haben sich alle, auch wir Lehrlinge, eine Flasche Schnaps wünschen dürfen. Eine Liste ist herumgegangen, und man hat seinen Namen neben die gewünschte Sorte geschrieben. Ungefähr dreißig standen zur Auswahl. Ich habe mir eine Flasche Whisky gewünscht. Natürlich, hat der Reisinger gesagt, der Herr muß sichs Teuerste nehmen. Er hat sich mit einem Kümmel begnügt. Es ist wie Schadenfreude gewesen: Er hätte mir gern, aber er hat mir nicht anschaffen können, mir etwas Billigeres zu wünschen. Aber er hat mich seinen Ärger merken lassen und hat mir etwas angeschafft, worüber ich mich dann geärgert habe: Fußboden mit Stauböl einlassen.

Zwischen Weihnachten und Neujahr habe ich die Flasche an einem Mittag ins Fenster gestellt, damit sie bis zum Abend richtig kalt ist. Ich habe eine Schachtel Player's gekauft, das war die schönste Schachtel in der Trafik. Als meine Mutter am Abend schon weg ist, bei der Großmutter, schalte ich die Lampe auf dem Radio ein, die mit den Schnapsetiketten, drehe das Deckenlicht ab und nehme die Flasche Whisky aus dem Fenster. Die Musik im Radio finde ich passend: was Langsames mit viel Saxophon. Ich gieße Whisky ins Glas, zünde mir eine Zigarette an und versuche mir zum Geschmack des Whiskys vorzustellen, ich sei in dieser Bar in Sankt Pölten.

Da war ich in der Berufsschule, im Internat, sechs Wochen eingesperrt, Ausgang nur vom Unterrichtsschluß halbsechs bis sieben, und ganz unerwartet ist uns dann erlaubt worden, am Samstagabend in die Stadtsäle zu gehen, wo ein paar zweitklassige Schlagersänger auftreten sollten. Erst am Samstagmittag ist die Erlaubnis erteilt worden. Schon eine Stunde vor Beginn stehen wir vor den Stadtsälen im Schnee herum, sind aufgeregt, und dann ist alles noch viel schöner, als ich es mir habe vorstellen können: die Farbspiele auf der Bühne, die Flitterkostüme, die Selbstsicherheit der Sänger. In der Pause stehen wir, selbstverständlich rauchend, im Pausenraum, und dann entdeckt einer, der im selben Zimmer wie ich schläft, eine Bar, eine richtige Bar, die sich vom Pausenraum weg lang in ein diffuses Halbdunkel erstreckt. Wir stehen vor dem Eingang und glotzen, hinein traut sich sowieso keiner. Tatsächlich Barhocker, Bardame, Regale voll mit mir unbekannten Getränken, buntes Licht, wie eine andere, schönere Welt kommt mir das vor. Ein Mädchen mit langem, rotem Haar sitzt auf einem Barhocker, ein Mann, elegant, steht daneben, hat einen Arm um ihre Hüften gelegt, man sieht, die gehört ihm, er spricht mit der Bardame. Ich bin sicher, noch nie ein so schönes Mädchen gesehen zu haben, nicht einmal im Kino. Einmal, denke ich, stehe ich auch wie der da neben einem Mädchen an der Bar, genauso wird das Mädchen ausschauen, das ist ein Ziel, das man erreichen muß, sonst hat ja alles keinen Sinn gehabt im Leben. Die anderen sind schon längst wieder weggegangen, ich stehe da und sehe zu, wie bei einem Film, nur eben alles *wirklich,* nichts *Gespieltes.* Die Bardame gießt aus einer dunklen Flasche die Gläser nach. Ich muß unbedingt wissen, was sie da trinken, und wage mich ein paar Schritte näher heran, um das Etikett lesen zu können, White Horse, lese ich, Whisky. Ein paar meiner Mitschüler kommen, stoßen mich an, geh weiter, es fängt ja schon an. Ich habe es gar nicht läuten gehört, ich fühle mich gestört, was interessieren mich jetzt noch die Sänger. Auf einem Barhocker sitzen, ja, neben dem Mädchen, einmal nur, einmal nur. Mir fällt nichts ein, was ich dafür geben würde. Alles, denke ich, alles.

Draußen auf dem Gang fängt der Nachbar zu rumoren an. Er ist schon wieder besoffen. Seine Frau heult und schimpft dazwischen. Ich halte mir die Ohren zu, aber da kann ich die Musik nicht mehr hören. Ich drehe das Radio lauter, aber jetzt, finde ich, ist es keine Barmusik mehr. Nach einer Weile, der Lärm draußen auf dem Gang hört nicht auf, schalte ich wütend das Deckenlicht wieder ein und trinke das Glas aus, ohne daß mir der Whisky jetzt noch als etwas Besonderes vorkommt.

Ich bin am Morgen zufällig der erste in der Setzerei. Auf meinem Arbeitsplatz steht ein großer Satz, den ich am Vormittag wegräumen muß. Ich schaue hin, versuche aber gleich wieder, ihn zu vergessen. Vor sieben geht er mich nichts an. Jedesmal, wenn ich als erster da bin, denke ich, das müßte ich jeden Tag machen, aber dann ist es mir doch immer lieber im Bett. Ich gehe in der Setzerei herum und versuche mir vorzustellen, daß heute sonst niemand kommt, daß ich den ganzen Tag allein da bin. Morgen auch, jeden Tag. Obwohl ich es mir nicht genau vorstellen kann, habe ich ein Gefühl dabei, das mir gefällt. Ich hole die Flasche des Reisinger, ganz automatisch, und mir fällt ein, daß ich schon lange damit aufgehört habe, ihm hineinzuspucken.

Und etwas Besseres ist mir noch nicht eingefallen. Ich halte die Flasche gegen das Licht. Sie ist schon fast undurchsichtig von den Ablagerungen, die das Wasser hinterlassen hat. Es muß schon jahrelang dieselbe Flasche sein, aus der der Reisinger trinkt. Eigentlich ist es ja verboten, in der Setzerei etwas zu essen oder zu trinken, wegen der möglichen Bleivergiftung, aber es hält sich keiner dran. Einmal im Jahr müssen wir sowieso alle zur Blutuntersuchung. Bei der letzten (meiner ersten) habe ich ganz vage gehofft, daß der Reisinger einen positiven Befund bekommen würde. Es war eine Hoffnung aus Gewohnheit. Unten in der Druckerei fängt an der Schnellpresse schon jemand zu arbeiten an, obwohl Überstunden erst ab einer ganzen Stunde gerechnet werden. Ich schaue in den Hof hinunter, ob das Rad des Reisinger schon dasteht, und plötzlich ist ein Gedanke da, der mir vorkommt wie eine Erleuchtung: eine Bleivergiftung, denke ich, eine Bleivergiftung. Ich gehe schnell zum Werkzeugkasten, nehme eine Feile heraus und rasple ein paar ganz feine Bleispäne von einer Letter. Jeden Tag ein bißchen, denke ich, jeden Tag. Ich schütte die Späne in die Flasche, und obwohl ich weiß, daß Blei, wenn man es ißt, nicht giftig wirkt, weil es sich im Magensaft nicht auflöst, zittern mir die Hände. Es ist wie eine Lotterie, denke ich, manchmal gewinnt man doch was. Als ich die Treppe in die Druckerei hinuntergehe, um die Flasche mit Wasser zu füllen, begegnet mir der Reisinger. Ich grüße, schaue ihn aber nicht an dabei. Wahrscheinlich stirbt er eh nicht, denke ich, aber wenn er bei der nächsten Untersuchung eine leichte Bleivergiftung hat, darf er nicht mehr in die Setzerei. Ich schiebe jeden anderen Gedanken als den, daß er dann nicht mehr da sein wird, zur Seite. Als ich in die Setzerei zurückkomme, streckt der Reisinger gleich die Hand nach der Flasche aus. Jetzt, denke ich, jetzt. Na gib schon her, sagt er. Ich halte ihm die Flasche hin, aber bevor er sie noch fassen kann, lasse ich sie aus. Sie poltert zu Boden und rinnt aus. Kannst nicht aufpassen, depperter Kerl, schreit der Reisinger. Ich wische mit zitternden Händen die Lache auf, der Reisinger kann sich nicht beruhigen, auch als ich die Flasche frisch gefüllt (und vorher gut ausgespült) habe, mault er noch immer, zu überhaupt nichts bist gut, wenns nur nach mir ginge, wärst eh schon längst geflogen, du wirst schon noch sehen. Ich hätte es doch machen sollen, denke ich.

Mein Interesse an Chemie ist plötzlich wieder wach geworden, als ich den Silver-Kriminalroman ›Der Hexer von Bermondsey‹ gelesen habe. Darin ging es um *alchimistische* Versuche, bei denen eine Flüssigkeit entdeckt wurde, die den Willen von Menschen für einige Stunden vollständig lähmt. Diese Flüssigkeit war dann der Ausgangspunkt für eine Reihe von Abenteuern, Banküberfällen und Juwelendiebstählen. Chemische Geräte und Substanzen standen da plötzlich in einem Zusammenhang, der meinen Vorstellungen vom Geheimnisvollen in der Chemie vollständig entsprach. Ich habe mein »Labor« aus dem Schuppen geholt und damit begonnen, mir für alle Flaschen und Behälter von Chemikalien statt der handgeschriebenen Schildchen *richtige* zu drucken. Daß ich erst nach fünf Uhr, wenn die anderen Setzer schon weg waren, die Setzerei aufräumen durfte, ist mir dann endlich zu etwas Positivem geworden, weil ich während dieser Zeit unbeobachtet an die Handpresse konnte. Als ich dann schon alle Schildchen gedruckt hatte, und ich in der Apotheke, die den Besitzer gewechselt hatte, keine neuen Chemikalien mehr verkauft bekam, hat sich mein Interesse nicht mehr lange gehalten, und ich habe den ganzen Kram, wie ich die Geräte und Flaschen dann wieder nannte, zurück in den Schuppen gebracht. Obwohl ich wußte, daß man von Bruno keinen Roman mehr zurückbekam, den man ihm einmal geliehen hatte, habe ich ihm, als er fragte, ob ich nicht was Klasses zum Lesen hätte, den ›Hexer von Bermondsey‹ gegeben.

Ich bin allein im Kino gewesen, im üblichen Western am Freitagabend, den ich in ein paar Tagen sicher schon nicht mehr erzählen kann, ohne ihn mit den vielen früher gesehenen durcheinanderzubringen. Ich warte nachher vor dem Ausgang, bis alle Leute heraußen sind, aber es ist niemand für mich dabei, mit dem ich noch wohingehen könnte oder möchte, auch niemand für meinen immerhin zwei Kilometer langen Heimweg. Ich schaue mir noch die Voranzeigen mit den Bildern der nächsten Filme an. Etwas Besonderes ist nicht dabei, was aber nicht heißt, daß ich nicht doch gehen werde. Für morgen habe ich mir Urlaub genommen, weil der Samstagvormittag in der Setzerei für mich ja nur Reinigungsarbeiten übrig hat. *Eigentlich* müßte heute in der »Bar« etwas los sein, aber als ich hinkomme, brennt nur mehr im ersten Raum Licht, dort wo die Musikbox *nicht* ist. Ich gehe gar nicht hinein, weil ich auch so weiß, was das bedeutet. Von einem Freitag könnte man doch etwas anderes erwarten.

Der kürzere Weg über die Mexikostraße, wo es stockfinster ist, wo rechts und links nur Wiesen sind, ist mir zu langweilig, ich gehe über die Bahnhofstraße, die wenigstens zwischen Häusern dahinläuft und wo es sogar ab und zu beleuchtete Schaufenster gibt. Bis knapp vor dem Bahnhof treffe ich überhaupt niemanden. Ein schwarzer Hund, der mir entgegenkommt, macht einen großen Bogen um mich. Sogar der, denke ich, das ist ein Nest. Bei den Gemeindebauten neben dem Rangierbahnhof, auf der anderen Straßenseite, sehe ich ein Mädchen vor dem Haustor stehen und mit jemandem in einem großen Auto reden. Beim Näherkommen merke ich, daß es die Renate ist, die ehemalige Freundin meines Freundes Pauli. Sicher so ein Vertreter, denke ich mir zu dem im Auto. Die Renate ist eine, die man öfter mit Handelsvertretern sieht, also längst kein *anständiges* Mädchen: Wer gibt sich denn sonst schon mit einem Vertreter ab, wo die doch heute in der, morgen in der nächsten Stadt und immer nur *darauf* aus sind. Sie arbeitet in einer Strumpffabrik, viel ist nicht los mit ihr, aber wenn ich wollte, denke ich, könnte ich sie wahrscheinlich haben. Ein Mädchen, das sich mit einem Vertreter einläßt, läßt angeblich jeden drüber. Ich bin allerdings nicht sicher, ob ich mich schon als Jeder betrachten kann, weil die Vertreter immer schon erwachsene Männer sind, und einer in meinem Alter ist dann für so ein Mädchen vielleicht doch nicht mehr als ein junger Dutter, einer ohne *Erfahrung*. Ohne den Kopf zu wenden, gehe ich auf der anderen Straßenseite an ihnen vorbei, sehe aber aus den Augenwinkeln hinüber. Die hat ja das Hirn zwischen den zwei großen Zehen, hat Pauli gesagt. Als ich schon ein Stück weiter bin, höre ich plötzlich meinen Namen rufen. Ich drehe mich um, sie kommt über die Straße, und das Auto fährt sehr schnell weg. Die scheißt wegen mir auf den Vertreter, denke ich.

Sie fragt, was ich mache. Eigentlich gehe ich heim, sage ich, weil es ist ja nirgends was los.

Es ist schwer, mit ihr *ins Reden* zu kommen. Daß sie nichts zu sagen weiß, gibt der Tatsache, daß sie mir nachgerufen hat, wie mir scheint, ein besonderes Gewicht: Reden hat sie also sicher nicht wollen. Ich fühle mich trotzdem bemüßigt, den Schein zu wahren und keine Pause entstehen zu lassen. Obwohl ich es schon weiß, frage ich, ob es zwischen ihr und dem Pauli aus ist. Schon längst, sagt sie, und ich rede über den Film, über den es nicht viel zu sagen gibt. Die obligaten Liebesszenen, die darin vorgekommen sind, berede ich besonders ausführlich. Sie will auf die andere Straßenseite, vor ihr Haustor, und ich versuche mir auszurechnen, *wieviel* das zu bedeuten hat. Sie ist jetzt ein paar Tage mit ihrer Schwester und ihrem Bruder allein zu Hause, weil ihre Mutter den Vater besuchen gefahren ist, der in Wien arbeitet. Das ist *eindeutig*, denke ich. Kannst ja auch mit hinaufgehen, sagt sie. Sie ist achtzehn, ich bin sechzehn: Ich erwarte etwas so Besonderes, daß ich es mir gar nicht vorstellen kann.

Droben in der Wohnung, in einer wie üblich nüchternen Wohnküche, spielt Günther, ihr Bruder, mit einem Freund Karten, die Zündhölzer, die der Einsatz sind, wandern zwischen den beiden hin und her. Die Illusion, daß das Geld sein könnte, scheint ihnen zu genügen. Einmal fangen sie sogar zu streiten an, weil Günther angeblich geschummelt hat. Die vierzehnjährige Schwester Renates, die noch in die Schule geht (Abschlußklasse der Volksschule, wie auch früher Renate und Günther), liegt mit einem, den ich nicht kenne, daneben auf dem Diwan. Sie drücken sich noch enger aneinander, um Renate und mir Platz zu machen. Er heißt Werner und ist fast zwanzig, erfahre ich. Verführung Minderjähriger, sage ich, ist das. Wenns der Körper verlangt, sagt Werner. Ein Tonband läuft. Wenn ein Schlager zu Ende ist, sagt Günther immer den nächsten voraus. Er kann die Reihenfolge schon auswendig und irrt sich kein einziges Mal. Ich fange an, wahrscheinlich in den gleichen Sätzen wie zuerst, den Film noch einmal zu erzählen. Die Liebesszenen lasse ich diesmal aber aus.

Dem Freund von Günther fehlen sämtliche oberen Schneidezähne. Alle ausgeschlagen, sagt er, aber es waren drei gegen einen. Später liest er uns einen Brief vor, den er dem Bundespräsidenten schicken will, weil die Krankenkasse ihm die Zähne nicht zahlt. Wenn er sich alle anderen auch noch ausreißen ließe, würden sie ihm ein ganzes Gebiß zahlen. Aber vier Zähne nicht. Werner bietet sich an, ihm die restlichen einzuschlagen, damit er sein Problem los ist. Das bringt Günther auf die Raufereien, die er gehabt hat, als er fliegender Kassier eines Autodroms war und mit einem Vergnügungspark von Volksfest zu Volksfest gefahren ist. Wennst da kein harter Hund bist, sagt er, schaust lieb aus.

Später begleitet Günther seinen Freund nach Hause. Ich sitze neben der Renate, halte ihre Hand, was aber nur ein ganz billiger Ersatz für meine Vorstellungen ist. Die zwei neben uns fangen sich zu küssen an. Ich schiebe meine Hand auf Renates Hals und biege ihren Kopf zu mir her. Sie macht gleich die Augen zu und den Mund auf. Die kann ja nicht einmal küssen, merke ich, weil sie nur das Maul aufmacht und sonst nichts, wie eine Statue. Der

Pauli ist auch ein Arschloch, denke ich, das hätte er ihr wenigstens lernen können. Die zwei neben uns gehen ins Nebenzimmer. Ins Schlafzimmer. Werner wird über Nacht dableiben, weil er zwanzig Kilometer entfernt wohnt. Gehen wir auch hinein, sage ich. Ja, sagt sie, aber wart, bis ich sage, es geht schon. Ich hocke gespannt auf dem Diwan, rauche, die zieht sich da drinnen aus, denke ich. Ich stelle mir vor, wie ich hineinkomme, und sie liegt nackt im Bett oder nur mit einem ganz dünnen Nachthemd an.

Im Schlafzimmer ist es stockdunkel, ich finde mich nicht gleich zurecht, da bin ich, sagt sie, und ich stoße am Bett an, taste mich hinein. Schon wieder eine Enttäuschung: Sie hat nur ihren Rock und ihren Pullover ausgezogen. Ich lege mich angezogen zu ihr, versuche sie wieder zu küssen, aber das unbeweglich offene Maul ist kein Vergnügen. Vielleicht machen es die Huren so, denke ich, und der Vertreter fällt mir wieder ein. Ich habe meine Hand an ihrem Knie und lasse sie ganz langsam weiter hinaufwandern, will sie ihr zwischen die eng zusammengepreßten Beine schieben. Hör auf, sagt sie und stößt mir die Hand weg. Ich lege mich flach auf den Rücken und zünde mir eine Zigarette an. Am anderen Ende des Zimmers kann ich das Bett erkennen, in dem Renates Schwester mit Werner liegt. Man hört nichts von den beiden, nur manchmal raschelt das Bettzeug. Vielleicht läßt ihn die auch nicht, denke ich. Das wäre mir recht. Ich versuche, Renate noch ein paarmal zwischen die Beine zu greifen, aber immer wieder schiebt sie mir die Hand weg. Sie redet die ganze Zeit kein Wort. Auch als ich sie frage, ob es nur nicht geht oder ob sie nicht will, bekomme ich keine Antwort. Man könnte glauben, sie schläft. Vielleicht muß man das ganz anders machen, denke ich, irgendwie, wie ich es nicht weiß. Ich empfinde es als Mangel, nicht alle Filme »ab 18 Jahre« gesehen zu haben. Vielleicht wäre dort das Richtige vorgekommen. Dauernd fallen mir die Handelsvertreter ein, die läßt sie sicher und mich nicht. Weil Vertreter, meine ich, sich sicher nicht mit einem bloß offenen Maul zufriedengeben. Laß sie dir schimmlig werden, sage ich.

Jedesmal, wenn ich aufwache, taste ich mit der Hand auf ihre Beine hinunter. Vielleicht merkt sie es nicht, wenn sie schläft, denke ich, und wenn sie wach wird, ist es schon geschehen. Aber sie ist immer gleich wach, kaum daß meine Finger nur ihre Haut berühren.

Gegen fünf am Morgen, es wird schon hell im Zimmer, wecke ich Werner auf. Er soll mich mit seinem Motorrad nach Hause führen und dann gleich wieder mit herein nehmen. Obwohl ich bei Renate nichts erreicht habe, kommt mir doch die Situation, in der ich mich befinde, ziemlich abenteuerlich vor. Und vielleicht, denke ich, geht doch noch was. Werner sagt ohne Zögern zu. Als er aus dem Bett steigt, sehe ich, daß auch er ganz angezogen ist. Er hätte nichts dagegen, sagt er, wenn ich was zu essen zu Hause hätte.

Ich wärme das vom Vortag übriggebliebene Reisfleisch auf und zerrütte mein Bett, damit meine Mutter glaubt, ich habe zu Hause geschlafen. Das einzige Essiggurkerl, das noch in der Dose schwimmt, esse ich selber. Zum Teilen, sage ich, ist es eh zu klein.

Als ich mich dann wieder zu Renate ins Bett lege, ist es schon ganz hell im Zimmer, und sie macht nicht einmal mehr ihr Maul auf. Ich fahre mit den Augen die aus schwarzem Draht gebogene Figur eines nackten Mädchens an der gegenüberliegenden Wand nach. Zum Glück schlafe ich ein, bevor ich mich überreden kann, bei Renate doch noch einen Versuch zu machen.

Ich habe Werner und Günther dann öfter getroffen. Abends. Schließlich jeden Abend. Und nicht mehr nur, um dabei auch *zufällig* mit Renate zusammenzutreffen. Je mehr ich nämlich in ihrer Anwesenheit den lässigen, harten Burschen spielte, um ihr zu imponieren, umso mehr habe ich schließlich selber an diese Rolle geglaubt und bald gefunden, daß ich für die Renate sowieso viel zu gut sei. Sie ist mir schließlich völlig gleichgültig geworden.

Daß Werner ein Motorrad hatte, machte ihn mir als Freund besonders interessant, weil er mir dadurch für eine *Bande* besonders brauchbar erschien. Nicht nur, weil man mit einem Motorrad leichter an einen *Tatort* kommen und wieder verschwinden konnte, sondern weil zu meiner Vorstellung von einer Bande ein Motorrad unbedingt dazugehörte. Allerdings hatte er nur eine leichte Hundertfünfundzwanziger. Eine Schwere, ein Eisen, eine Fünfhunderter hätte mir mehr imponiert, eine Maschine, »so schwer, daß du sie nicht allein aufheben kannst, wenn sie dir einmal umfällt«. Es war ein Ersatz, auch für ihn, aber immer noch besser als die überhaupt *nur* nach Ersatz aussehenden Mopeds meiner gleichaltrigen Bekannten.

Von Günther wußte ich, daß er schon einigemal in Verdacht gestanden und sogar schon eine Nacht in Untersuchungshaft gewesen war. Man hatte ihm nur nichts nachweisen können.

Unverbindlich kamen wir in den Gesprächen zum *Thema:*

Wenn es sich auszahlt, klar, da mach ich schon mit; sicher muß es sein; wenns genau geplant ist, klar. Es war ein Abtasten, ob hinter solchen Sätzen, die man von jedem im Ort, der überhaupt mit einem redete, hätte hören können, ob hinter solchen Gesprächen mehr steckte als nur der Beweis des eigenen Mutes. Gleichzeitig aber wußte ich, daß aus diesem Reden Ernst werden konnte, wenn man sich nur weit genug vorwagte: wenn die anderen es nur ernst genug nahmen, so daß man selbst nicht mehr zurückkonnte, ohne als feig zu gelten, ärger noch: als Aufschneider, Großmaul, wo nichts dahinter ist. Allenfalls konnte man dann noch Bedenken äußern: es sei zu schwierig, man könne zu leicht erwischt werden. Solche Sätze, die mir Sicherheit gaben, hielt ich mir stets in der Hinterhand.

Werner ist in Krankenstand gegangen. Sehnenscheidenentzündung, sagt er, hat er mir geschrieben, und er hält die bandagierte Hand her, ich kanns kaum rühren vor lauter Schmerzen, sagt er und grinst und bewegt die Hand heftig nach allen Seiten. Sehnenscheidenentzündung, sagt Günther, der sich mit Krankenstand auskennt, ist ein Schmarren, da gehst nach einer Woche schon wieder. Wenigstens was, sagt Werner, manche wären zufrieden mit dem. Wetten, sagt Günther, in einer Woche schickt dich der Kontrollor zum Amtsarzt und dann bist gesundgeschrieben, ob du jetzt was hast oder nicht. Genau, sage ich. Da kannst halb hin sein, sagt Günther, weil der Amtsarzt sagt zu jedem, na, probieren wirs halt wieder, da kannst drauf wetten, und manchmal, ärgert sich Günther, möcht man wirklich hin werden, nur damit der Hund eine auf den Deckel kriegt, weil er einen gesundgeschrieben hat. Außerdem mußt daheim bleiben, wenn der Kontrollor kommt, sage ich. Die ersten drei Tage, meint Werner, kommt sicher keiner, weil da zahlt die Krankenkasse ja auch einen Dreck. Sehen darf dich trotzdem keiner, sage ich, sonst hast in der Firma den Scherm auf. Er ist in derselben Firma Textildrucker, wo ich Lehrling war. Das ist mir wurscht, sagt Werner, was könnens denn schon, höchstens hinausschmeißen. Na und, sage ich. Dann geh ich eben wieder auf den Bau, sagt er, ist eh fast gescheiter. Werner ist gelernter Maurer und hätte im Winter, wo nichts gebaut wird, ebenso stempeln gehen können, wie Günther das noch immer tut. Aber die geschissenen Raten, sagt Werner, für die blöde Maschin.

Es ärgert mich, daß ich nicht auch in Krankenstand gehen kann, weil ich kann es mir nicht leisten, gesehen zu werden. Und ein Krankenstand, wo man den ganzen Tag daheim hocken kann, ist jetzt nicht das Richtige für mich. Werner und Günther können mit dem Motorrad herumfahren, während ich in der Setzerei stehe. Vielleicht drehen die was ohne mich, denke ich mir. Am liebsten würde ich sie schwören lassen, daß sie ohne mich nichts tun.

Werner und Günther haben *etwas* vor. Heute am Abend oder in der Nacht, sagt Erika, die jüngere Schwester von Günther, als ich in ihre Wohnung komme. Was, weiß sie nicht. Irgendwo fahrens mit der Maschin hin, und da habens was vor. Ich bin wütend, weil Werner den Günther mitnimmt und nicht mich. Soviel wie der trau ich mich noch lang, und gescheiter als der bin ich noch immer, wo er nur Volksschule hat. Ich nehme mir vor, mit den beiden überhaupt nie mehr zu reden. Sollen mich doch. Im Stiegenhaus treffe ich Werner. Er will Günther abholen. Der ist nicht da, sage ich. So? sagt er, wo wirs doch ausgemacht haben. Was, frage ich. Na, was machen, grinst Werner. Kannst ja mich mitnehmen, sage ich. Wennst willst, sagt Werner, aber wir brauchen eine Taschenlampe. Ich hab eh eine, sage ich.

Bei mir zu Hause erklärt er mir, was wir machen werden. Es ist überhaupt nichts dabei, versichert er, überhaupt nichts. Er hat, ungefähr fünfundzwanzig Kilometer von unserem Ort entfernt, ein Mädchen gehabt, ein ganzes halbes Jahr, sagt er, bin ich mit der gezogen, und jetzt kriegts ein Kind und glaubt, ich heirats. Schön blöd wärst, sage ich. Ist ja nichts dran an ihr, sagt er. Den Eltern dieses Mädchens hat er, weil er ja in der Textilfabrik arbeitet, vor ein paar Monaten Vorhänge gebracht. Aber gezahlt, sagt er, habens einen Schmarren, und jetzt hol ich mirs einfach, ohne daß sie was merken. Ach so, sage ich. Nichts ach so, sagt Werner, es ist *wie* ein Einbruch, erwischen dürfens uns nicht. Ich bin überzeugt, daß es nicht nur *wie* ein Einbruch ist. Endlich, denke ich mir, als ich hinter ihm auf dem Motorrad sitze, endlich tut sich was.

Ein paar Kilometer lang kann ich mir vorstellen, *wir sind im Anmarsch;* es ist stockfinster, die Straße führt die meiste Zeit durch Wald, der Scheinwerfer des Motorrads schneidet scharfbegrenzte Segmente aus der Dunkelheit, aber dann fängt mich langsam zu frieren an, es ist ja erst April, ich bin für so eine Fahrt viel zu leicht angezogen, am ärgsten ist es an den Knien, die mir vorkommen wie mit Eis überzogen. Der Wunsch, in einem warmen Zimmer zu sitzen oder vielleicht sogar im Bett zu liegen, eingemummt bis zum Kinn, verdrängt immer mehr jede Vorstellung eines Abenteuers. Damit hatte ich nicht gerechnet. So ein Wetter, denke ich, kann einem alles kaputtmachen. Saukalt ist es, schreie ich Werner ins Ohr, und er sagt etwas, was ich nicht verstehen kann.

Im Dorf, wo Werner das Paket abholen will, brennt kein einziges Licht. Nicht einmal Straßenbeleuchtung gibt es. Aber Werner kennt sich aus. Er braucht nicht einmal meine Taschenlampe. Ich stolpere hinter ihm drein, eine Böschung hinunter, es muß über feuchte Äcker gehen, meine Schuhe sind schwer und naß, es ist so finster, daß ich überhaupt nichts erkennen kann, kein Haus, nichts, nicht einmal der Himmel ist viel heller. Wo Werner ist, höre ich nur, saukalt ist mir noch immer, dann renne ich plötzlich an Werner an, der stehengeblieben ist, da ist es, sagt er, wo, frage ich, na da vorn, sagt er, und ich erkenne ganz undeutlich eine Hauswand, jetzt müssen wir aufpassen, sagt er. Irgendwo bellt ein Hund, aber weit weg, ich merke, daß er ein Tor aufmacht, er nimmt mich am Arm, zieht mich hinein, die Taschenlampe, flüstert er, und ich schalte sie ein, wir sind in einer Scheune, rechts und links Heu, leucht her da, sagt er und steigt eine Leiter hinauf, ich hinter ihm. Oben gräbt er, ohne lange suchen zu müssen, ein in Packpapier eingeschlagenes Paket aus dem Heu, erledigt, sagt er, und wir steigen wieder hinunter, stolpern den Weg zurück zum Motorrad. Hast Angst gehabt, fragt er. Keine Spur, sage ich. Na siehst, sagt er. Ich muß was Heißes trinken, sage ich, mich friert wie einen nassen Hund.

Ein paar Dörfer weiter gehen wir in ein Wirtshaus. Es schaut aus wie eine große Küche mit Schanktisch und ein paar Tischen, Bänken und Sesseln und riecht penetrant nach Sauerkraut. An einem Tisch sitzen ein paar Bauern, sonst ist alles leer. Wir setzen uns an den Tisch neben dem Ofen, um den einige Paar Gummistiefel liegen. Ich wische mit einem Bierdeckel die Tischplatte ab. Werner deutet mit dem Kopf zuerst auf die Gummistiefel, dann auf die Bauern und grinst: Die sitzen alle in Socken dort. Der Wirt, der bei den Bauern gesessen ist, kommt zu uns herüber, was wollts denn, fragt er. Wir bestellen einen Grog. Der Wirt weiß nicht, was das ist. Wie Tee mit Rum, sagt Werner, aber mehr Rum wie Tee. Aha, sagt der Wirt, was sagts denn das nicht gleich. Er geht hinter den Schanktisch, der das Gastzimmer von der Küche abteilt und stellt Wasser auf den Herd. Die Bauern reden über einen, der abgewirtschaftet hat. Das hätt ich euch gleich sagen können, sagt einer, wie der die Wirtschaft übernommen hat. Schuld ist der Heuwender, sagt ein anderer, den was er nicht braucht hätt. Der Wirt kommt mit zwei Halblitergläsern, so, sagt er, aber saufts bald aus, weil ich sperr gleich zu. Der Grog schmeckt scheußlich, wie Zuckerwasser mit Brennspiritus, sage ich, ist aber wenigstens heiß. Wenn wir das aussaufen, meine ich, dann sind wir besoffen. Ich wärme mir die Hände am Glas. Ansaufen, sagt Werner, kannst dich nicht, sonst fällst mir hinten herunter, und ich hab dann die Schuld. Überhaupt wennst selber besoffen bist, sage ich. Ich bring das Zeug eh nicht alles hinunter, sagt er, früher speib ich. Einer der Bauern holt sich seine Gummistiefel vom Ofen und schlüpft mit viel Mühe hinein. Hoffentlich hab ich die meinigen, sagt er. Geh, meint einer am Tisch, die mußt doch am Geruch kennen. Wenns die falschen sind, sagt der, der die Stiefel angezogen hat, tauschen mirs morgen halt wieder um. Ist ja nicht so bei uns, sagt der Wirt. Ich weiß nicht, ob ich ihr Gerede für Späße halten oder ernst nehmen soll, weil nicht ein einziger dazu grinst. Die reden vielleicht jeden Abend so daher, stelle ich mir vor, jeden Abend das gleiche, drum kann keiner mehr drüber lachen.

Werner sagt, beim Herfahren ist ihm was eingefallen. Er hat sich das schon ein paarmal überlegt, sagt er. Er redet plötzlich ganz leise. Ich schaue zu den Bauern hinüber, na red schon, sage ich, die passen eh nicht auf. Nur ein paar Kilometer von unserem Ort weiß er eine Greißlerei, Tabaktrafik ist auch dabei, wo in der Nacht keiner drinnen ist. Das wäre eine Spielerei, sagt er. Ich will wissen, wie er hineinkommt. Du hast doch Dietriche, sagt er, hast doch gesagt oder? Klar, sage ich, da sperr ich dir jede Tür auf. Na, sagt er, na also. Ich frage mich, ob das jetzt endlich das ist, womit ich schon immer gerechnet habe. Wenns sicher ist, sage ich. Hundertprozent, sagt er, glaubst, ich bin blöd. Und wann, frage ich. Na dann gleich, sagt er und grinst mich an. Halt wen andern am Schmäh, sage ich. Wenn ich dirs sag, sagt er, aber ich kanns auch allein machen. Sei nicht gar so blöd, sage ich, klar.

Wir haben das Motorrad *selbstverständlich* außerhalb des Dorfes stehengelassen. Ich habe meine rechte Hand in der Hosentasche und halte die Dietriche, die wir von zu Hause geholt haben, fest. Ich wundere mich, daß ich nicht Herzklopfen habe. Als ob nichts wäre, denke ich und möchte es Werner sagen. Aber wir haben festgelegt: kein Wort reden. Wir gehen *so lautlos wie möglich* im Gras neben der Straße. Und plötzlich kommt mir der *absurde* Gedanke, auf dem Weg in die Fabrik zu sein, in die Frühschicht, dort vorne ist irgendwo die Fabrik. Ich ärgere mich, daß mir so ein Gedanke gekommen ist, ein so unpassender, und ich versuche, mir eine Szene aus einem Film vorzustellen, die zu dem paßt, was jetzt *eigentlich* passiert, aber mir fällt keine ein. Sowas muß man doch ganz anders aufziehen, denke ich, so ist das doch nichts. Mir ist kalt.

Gerade vor der Greißlerei brennt eine Straßenlampe. Da ist es ja viel zu hell, sage ich, aber Werner schüttelt den Kopf, geht mir voraus ums Haus herum: hinten ist auch ein Eingang, der völlig im Dunkeln liegt. Die nächsten Häuser sind mindestens zwanzig, dreißig Meter entfernt. Werner geht knapp an die Tür heran und leuchtet mit der Taschenlampe aufs Schlüsselloch. Bringst das auf? flüstert er. Ich probiere einen Dietrich nach dem andern, aber nur ein einziger, der einfachste, ein rechtwinkelig gebogener Haken, geht überhaupt ins Schlüsselloch. Gehts? flüstert Werner. Weiß nicht, sage ich. Ich probiere eine Weile herum, unsere Klosettür am Gang habe ich ja auch schon einmal mit dem Dietrich aufgemacht, da habe ich geübt, und dann spüre ich, wie der Dietrich den Zapfen faßt und ihn knackend herumdreht. Klaß, sagt Werner und drückt die Türschnalle nieder, doch die Tür geht noch nicht auf, da ist zweimal zugesperrt, flüstert er, ich schiebe den Dietrich wieder ins Schloß und plötzlich, als ich noch darüber befriedigt bin, daß ich tatsächlich aufsperren kann, als ich mir vorstelle, daß die Tür *wirklich* aufgeht, plötzlich ist die Angst da, mir wird heiß, ich möchte davonrennen, einfach davonrennen, mir kommt vor, als *verstünde* ich plötzlich und jetzt erst, *was* ich da machen wollte, jetzt kann ich noch zurück, denke ich, jetzt gehts noch, na was ist, sagt Werner, und ich arbeit mit zitternden Händen im Schloß herum, ohne zu versuchen, es wirklich aufzusperren, feig bin ich, feig, denke ich, entweder ein Feigling oder ein Verbrecher, mir scheint, als ob ich jetzt mit dem Aufsperren oder Zulassen mein *Schicksal in der Hand habe,* eine *Entscheidung fürs ganze Leben* treffe, und dann fällt mir ein, daß ich ja auch sagen kann, ich habe nicht aufgebracht, der Gedanke kommt mir vor wie eine *Rettung in höchster Not, in letzter Sekunde,* ich ziehe den Dietrich heraus, es geht nicht, sage ich, ich bring nicht auf. Probier noch einmal, drängt Werner, wo es doch schon einmal gegangen ist. Während ich im Schloß herumstochere und überlege, ob ich nicht überhaupt wieder ganz zusperren soll, Werner würde ja nicht merken, ob ich jetzt auf- oder zusperre, sagt er, geh hör einmal auf, sagt er, da ist ja ein Fenster offen. Jetzt ist es aus, denke ich mir.

Ein Oberlichtfenster ist offen. Werner macht mir die *Räuberleiter*, ich versuche mit der Hand den Riegel für die großen Fensterflügel zu erreichen, aber mein Arm ist zu kurz, ich klettere durch die Oberlichte, halte mich mit den Beinen am Fensterkreuz fest, der Oberkörper baumelt nach unten, das soll mir einmal einer nachmachen, denke ich, der Werner hätt das sicher nicht können, ich komme mir vor wie am Reck im Turnsaal, ich schiebe den Riegel des inneren Fensters auf, öffne den Fensterflügel, halte mich dran fest und ziehe die Beine nach. Mir zittern vor Anstrengung die Knie, als ich unten stehe und das äußere Fenster aufmache. Werner steigt herein, ich hab schon geglaubt, du brichst dirs Kreuz, sagt er. Aber geh, sage ich, war doch eine Spielerei. Wir sind in einer Abstellkammer, da gehts hinein, zeigt Werner auf eine Tür. Als wir im Geschäft stehen, fällt mir ein, daß wir nicht einmal wissen, was wir da holen wollen. Werner leuchtet die Regale ab: die übliche Dorfgreißlerei, Lebensmittel, Schuhpasta, Bodenpasta und solches Zeug, überhaupt nichts *Brauchbares*, der Lichtstrahl geht auf einen Kasten, an dem der Schlüssel steckt: Zigaretten. Es ist wie eine Entdeckung. Werner will gleich die ganze Tasche einräumen. Spinnst, sage ich, wir können nur soviel nehmen, daß keiner was merkt. Warum, fragt er, wo wir schon einmal da sind, ist doch schon egal. Da könnens uns dann auch nicht draufkommen, sage ich. Werner murrt, räumt aber wieder aus. Nur von den billigsten Zigaretten, den »Dreiern«, sind ganze Stapel da. Die nehmen wir, sage ich. So ein Kraut, sagt Werner. Bei den andern merkt mans, sage ich. Wir schauen dann noch, was wir sonst noch nehmen könnten. In einer großen Schachtel liegen etliche Kämme, ich stecke zwei ein, aber dann fällt mir ein, daß ich ja immer nur Haarbürsten verwende, ich halte sie Werner hin, aber der will sie auch nicht. Gehen wir, sage ich, kannst ja nichts machen da. Werner leuchtet die Registrierkasse ab. Die lassen sicher höchstens Wechselgeld drin, meint er. Ich nehme noch eine Tafel Nußschokolade, dann klettern wir zum Fenster hinaus, ziehen es zu und gehen *unauffällig* langsam, wie wir es abgesprochen haben, zum Motorrad.

Die Angst vor Entdeckung, die sofort da war, als ich nach dem Einbruch im Bett lag und das Licht gelöscht hatte, diese Angst verkleidete sich gleich als *schlechtes Gewissen:* Meine Angst erschien mir als unvermeidliche Strafe, als die zwangsläufige Qual, weil ich getan hatte, *was man nicht tut*. Ich konnte nicht einschlafen. Nicht, wie ich meinte, weil nur ein gutes Gewissen ein sanftes Ruhekissen ist, sondern weil mir gerade im Moment, als ich einzuschlafen begann, dieses Sprichwort in den Sinn kam. Und obwohl die Bilder meiner Angst abgezogen waren von meiner eigenen Erfahrung, von dem, was ich wirklich erlebt hatte, behielt meine Angst den Namen »Gewissen«, schien mir der plötzlich eindeutig klare Begriff »Gewissen« zu sein. Die Verwirrung war vollständig: Was ich von außen befürchtete, hielt ich nur für die Konsequenz des eigenen Gewissens, für seinen verlängerten Arm. Die Befürchtung, ihr Bild: ich sitze in einem dieser kahlen Amtszimmer einem Gendarmen gegenüber, der mir den Einbruch zur Last legt. Die Erfahrung: von zwei Uhr nachmittags bis acht Uhr abends hatten sie uns auf dem Gendarmerieposten behalten, mich und zwei Freunde, damals war ich zehn. Je später es wurde, umso ernster, glaubwürdiger wurde die Drohung, wenns nichts zugebts, sperren mir euch über die Nacht ein. Es war wegen einer Lächerlichkeit, die die Gendarmen, weil sie endlich wieder einmal einen Fall hatten, aufblähten zu einem ungeheuerlichen Verbrechen, weil sie wieder einmal zeigen konnten, *wer* sie waren; Zehnjährigen gegenüber. Wir sollten mit Steinschleudern die Fensterscheiben einer aufgelassenen Bahnstation eingeschossen haben. (Ein paar Monate später wurde das Gebäude abgerissen.) Zweiundzwanzig Fensterscheiben. Drohungen: es wird in der Schule gemeldet; wir hauen euch windelweich; in ein Erziehungsheim werdets kommen; ins Gefängnis stecken wir euch. Alle drei, die wir da abwechselnd als Täter verhört wurden, kamen wir spätestens, als es draußen dunkel wurde, ins Heulen. Wasser macht den Teig hart, grinste einer der Gendarmen. Zum Glück hatte keiner von uns mit einem der anderen gemeinsam auf die Scheiben geschossen, sodaß keiner den andern verraten konnte. Schließlich mußten sie uns gehen lassen. Die Strafe kam ja sowieso zu Hause. Nicht weil ich tatsächlich dort einige Fenster eingeschossen hatte, sondern weil ich in Verdacht geraten war, weil ich überhaupt mit der Gendarmerie zu tun bekommen hatte.

Gegen meine Angst ging ich dann doch praktisch an, versuchte es wenigstens. Ein Alibi mußte her. Aber irgendwen bitten, daß er sage (daß er schwöre, stellte ich mir vor), er habe die Nacht des Einbruchs mit mir verbracht, schien mir zu unsicher, weil ich dadurch nur einen weiteren *Mitwisser* geschaffen hätte. Außerdem kannte ich niemanden, der das für mich getan hätte. Schließlich kam mir die Idee mit dem Tagebuch. Ich würde ein Tagebuch schreiben und für die eine Nacht einfach eine falsche, aber glaubwürdige Eintragung machen. Bei einer möglichen Hausdurchsuchung würde das Tagebuch dann gefunden werden und mich entlasten. Blieben nur noch die Zigaretten, die ich noch im Nachtkästchen hatte, und die ja auch meine Mutter nicht finden durfte. Ich machte Licht und suchte die ganze Wohnung nach einem Versteck ab. Keines schien mir sicher genug. Ich hatte nicht gedacht, daß es so schwer sein würde, ein Versteck zu finden. In einem Kriminalroman hatte ich einmal gelesen, daß ein Rauschgiftschmuggler ein Päckchen Heroin zwischen den herausgeschnittenen Seiten eines Buches versteckt hatte. Aber ich war nicht sicher, ob die Gendarmen diese Geschichte nicht auch kannten. Schließlich, draußen wurde es schon hell, klebte ich mir aus Zeichenpapier drei ganze flache Futterale, in denen die Zigaretten, ungefähr fünfhundert, eine neben der anderen liegen konnten und steckte sie in die Mappe mit meinen Zeichnungen aus der Schulzeit. Wenn man nicht genau schaute, fielen sie nicht auf. Außerdem, dachte ich, würde ich sie ohnedies bald verraucht haben.

Am Vormittag, im Trott der Arbeit, im Alltäglichen, gab ich den Gedanken mit dem Tagebuch wieder auf.

Obwohl mir dieser Einbruch bis zum Zeitpunkt, wo ich vor der Tür hockend Angst bekommen hatte, völlig banal erschienen war und, als wir dann nicht einmal wußten, was nehmen, auch ganz sinnlos und, als ich dann zu Hause mit meinem Teil der *Beute* saß, als etwas, das sich nicht einmal gelohnt hatte, obwohl *alles* so vollständig anders war, als ich mir das vorgestellt hatte, so anders als ein *echtes* Abenteuer: in den nächsten Tagen, als ich mit Werner darüber redete, wurde es doch noch zum besonderen Erlebnis und erst recht, als wir es auch Günther erzählt hatten, zu etwas, das wir ihm voraus hatten, worum er uns beneiden konnte, also doch noch zu dem, was mir als Abenteuer galt. Die Angst, die ich in der Nacht im Bett gehabt hatte und die als unterschiedlich heftiges Unbehagen noch tagelang anhielt, verringerte sich in dem Maße, als wir uns gegenseitig versicherten, welcher *Mut* für das Unternehmen nötig gewesen war. Von da an schien es mir selbstverständlich, diesen Einbruch als den *ersten* anzusehen, dem auf jeden Fall noch weitere, in meiner Vorstellung auf jeden Fall bessere, folgen müßten.

Werner ist über die Treppe hinunter aufs Klo gegangen, und ich habe mich auf sein Bett in seinem Untermietzimmer, das er sich in unserem Ort genommen hat, gesetzt. Ich schaue dem Stanek, einem Bauhilfsarbeiter, der zusammen mit Werner das Zimmer bewohnt, beim Sockenwaschen zu. Er rollt die gewaschenen Socken in ein Handtuch, schlägt mit den Fäusten drauf und hängt sie dann über das Fußende des Bettes. Nobel, sage ich, wohnts ihr da. Ich bin von unserem Haus einiges gewöhnt, aber die Schäbigkeit des Zimmers hat mich doch überrascht. Der Stanek zuckt die Schultern, kannst nichts machen, sagt er, ist ja eh nur vorübergehend. Er macht die Tür des Kastens auf und sieht in den an der Innenseite der Tür angebrachten Spiegel. Sechs Jahre sinds bei mir schon vorübergehend, sagt er zu seinem Spiegelbild. Ich starre auf ein Fach des Kastens, in dem ein Stapel Zigarettenschachteln liegt. Sind das deine Zigaretten, frage ich, und der Stanek grinst, aber geh, sagt er. Ich spüre, wie mir heiß wird, aber ich weiß nicht, ist es jetzt Angst oder Wut. So eine blöde Sau, der Werner, denke ich, legts einfach in den Kasten. Aber die Gurken, sagt der Stanek, hättets dem Kohlenhändler nicht vor die Tür stellen sollen. Was für Gurken, frage ich und denke noch immer daran, was ich alles gemacht habe, um meinen Anteil an den Zigaretten zu verstecken. Die Gurken, sagt der Stanek und grinst wieder, die was ihr gestern in der Nacht gestohlen habts. Was, sagt Werner, der gerade zur Tür hereinkommt, was ist los? Die Gurken, sage ich, was ist mit Gurken? Ja, sagt Werner, das war ein Theater ohne Ende.

Er und Günther, erzählt er, haben in der vergangenen Nacht auf dem Frachtenbahnhof einen Waggon aufgebrochen, ganz leicht ist es gegangen, weil die Waggons nicht einmal abgesperrt, sondern nur mit Draht plombiert gewesen sind, und da haben sie sich eine der Kisten geschnappt, mit denen der Waggon angefüllt gewesen ist, schwer ist die Kiste gewesen, zwanzig Kilodosen mit Essiggurken sind drin gewesen, und eine Dose haben sie gleich aufgemacht und den Inhalt zu fressen angefangen, aber bald sind ihnen die Gurken über geworden, und weil sie nicht gewußt haben, wohin mit der Kiste, haben sie sie einfach dem Kohlenhändler am Bahnhof vor die Tür gestellt. Wissen möcht ich, sagt Werner und schlägt sich lachend mit der Faust gegen die Handfläche, was der Kohlenhändler für ein Gesicht gemacht hat, stell dir einmal vor, sagt er, du findest eine Kiste Gurken vor der Tür. Ihr seids ein paar Trotteln, sage ich, ihr stehlts die Gurken und fressen tuts der Kohlenhändler. Hätt doch auch was anderes drin sein können, sagt Werner. Ist aber nicht, sage ich. Es war trotzdem ein Theater ohne Ende, sagt er, wenn ich nur an den Kohlenhändler denk.

Meine Wut, daß sie etwas ohne mich gemacht hatten, ohne mich zu fragen, ob ich nicht auch Lust hätte mitzumachen, hat sich hinter Vernünftigkeit verstecken können, hinter meinem Vorwurf, daß sie etwas ganz Sinnloses ganz dilettantisch gemacht und es noch dazu weitererzählt hatten.

Als ich gesehen hatte, daß Werner und Günther die für mich selbstverständliche Voraussetzung, um überhaupt ein *brauchbares* Bandenmitglied zu sein: die absolute Verschwiegenheit, mißachtet hatten, habe ich sofort beschlossen, nichts mehr mit den beiden zu machen, ja jeden Kontakt überhaupt abzubrechen.

Wenn ich mir vorrechnete, warum ich mit ihnen nichts mehr zu tun haben wollte, kam die Tatsache, daß sie mich ignoriert hatten, nur so vor, daß sie nur aus Leichtsinn und Unvernunft auf einen verzichtet hatten, der ihnen hätte sagen können, wie es zu machen ist.

Um zu verhindern, daß der Einbruch, an dem ich beteiligt gewesen war, durch so sinnlose Aktionen wie die mit den Gurken (die meiner Meinung nach leicht auffliegen konnten) an den Tag käme, sah ich aber keine andere Möglichkeit, als jede weitere Aktion ausschließlich nach meinen Plänen stattfinden zu lassen, mich an *jeder* künftigen zu beteiligen, was meinen Vorstellungen, Boß der Bande werden zu müssen, ohnedies entsprach.

Wir sitzen unten am Teichrand. Alle flachen Steine, die zu finden waren, haben wir schon übers Wasser platteln lassen. Werner und Günther reden über das *Leben*, das sie dann haben werden, wenn sie erst in Wien sind. Am Sonntag wollen sie einmal für ein paar Tage hinfahren: schauen, was sich machen läßt. Meine Einwände, die ich zu ihren Vorstellungen habe, hören sich an wie der Neid, daß ich dableiben muß. Es wird langsam dunkel, aber die Einfälle, was wir mit dem Abend anfangen sollen, bleiben aus. Die Frösche am Arsch lecken, sagt Günther, mehr kannst doch da nicht. Drum gehen wir ja nach Wien, sagt Werner. Im Kino spielen sie einen für uns indiskutablen Film. Einen Problemfilm, sagt Werner, wo man sich nachher wieder fragt, wo das Problem ist. Er hat die Vorschau davon gesehen. Der Alte, dem drüben im »Strandbad« die Bude gehört, wo man Bier, Wurstsemmeln und Süßigkeiten kriegt, fährt oben am Teichdamm mit seinem Karren an uns vorbei. Den könnten wir uns auch einmal schnappen, sagt Günther. Zahlt sich ja nicht aus, meint Werner, der verdient doch da einen Dreck. Aber in seine Bude könnten wir einmal hinein, sage ich. Günther winkt mit der Hand ab, der nimmt ja am Abend immer alles mit, sagt er. Nicht alles, sage ich, das Bier und die anderen Getränke läßt er dort. Ich weiß das, weil ich ihm vor Jahren einmal einen Nachmittag lang verkaufen geholfen habe. Im Fußboden ist ein Loch mit Wasser drin, wo er das Bier hat, erkläre ich. Dann machen wirs, sagt Günther, so eine Holzbude bringen wir spielend auf. Genau, sage ich, da hab ich schon ganz andere Sachen aufgemacht. Fast, sagt Werner und grinst. Ich hätte aufgebracht, sage ich, wenn das Fenster nicht offen gewesen wäre.

Wir warten, bis es ganz finster ist und gehen dann langsam zum Strandbad hinüber. Über das, was wir vorhaben, haben wir kein einziges Wort mehr verloren. Wir haben geredet, als hätten wir garnichts beschlossen. Ich habe aber ständig daran gedacht. Wir gehen auf die Bude zu. Der Werner und ich, sage ich, gehen hinein und Günther paßt auf. Bei dreimal pfeifen kommt wer, sagt Günther und setzt sich ein paar Meter von der Bude auf eine Bank. Der Boß bin ich, denke ich.

Die Bude geht ganz leicht auf. Wir reißen nur die Planke weg, mit der der Verschlag vorne zugemacht ist. Ich klettere hinein, Werner will mir nach. Bleib draußen, sage ich und bemühe mich um einen befehlenden Ton. Ich greife in das Loch im Boden hinunter, Flaschen sind da, spüre ich. Ich zünde ein Streichholz an, leuchte hin, ungefähr zehn, fünfzehn Bier und ein paar Limonaden stehen dort. Wieviel sind da, fragt Werner. Zehn Bier, sage ich. Na, dann gibs her, sagt er. Ich gebe ihm eine Flasche nach der anderen hinaus, aber nach der sechsten sage ich, jetzt ist Schluß. Alle gib her, sagt Werner, der ist eh schon so alt, daß er sicher nicht weiß, was er alles hat. Hast du eine Ahnung, sage ich, mein Großvater hats auch gemerkt, wenn ich ihm nur fünfzig Groschen aus der Geldbörse genommen hab. Zwei für jeden sind zu wenig, sagt Werner, sei kein Arschloch. Ich gebe noch zwei Flaschen hinaus, ich brauch nur zwei, sage ich. Wir befestigen die heruntergerissene Planke wieder. Maßarbeit, sagt Werner, kein Mensch wird was merken.

Wir setzen uns zu Günther auf die Bank, der sich wundert, daß es so schnell gegangen ist. Fast so schnell, wie wenn ihrs gekauft hättets, sagt er. Wir sind zwei Genies, sagt Werner. Auf mein Kommando, eins, zwei, drei, los, läßt jeder eine Bierflasche knallen. So, sagt Werner, und was machen wir jetzt? Jetzt saufen wir einmal das Bier, sage ich. Und dann? sagt er. Dann brunzen wir es wieder, sagt Günther.

Der Mond geht auf, so groß, kommt mir vor, ist er noch nie gewesen. Sehr romantisch, sage ich und werfe meine leere Flasche in den Teich hinaus, genau in den glänzenden Streifen, der vom Mond zu uns herübergeht. Wie im Kino, sagt Werner, wie in einem Kulturfilm. Mit einem Krimi als Vorspann, sage ich. Wir könnten wieder mit dem Boot fahren, meint Günther. Geh, sage ich, ohne Weiber heißt es ja nichts. Was brauchst Weiber, sagt Günther, wennst gesund bist und ein Bier hast. Ich hol mir die Erika, sagt Werner und steht auf. Sei nicht so blöd, sagt Günther, die muß ja morgen in die Schule. Ich hols trotzdem, sagt Werner und geht auf den Teichdamm hinüber, wo er sein Motorrad abgestellt hat.

Wir haben in der vorigen Woche schon einmal das Vorhangschloß, mit dem die Kette des Bootes an einem Felsen festgemacht war, mit einem Stein aufgeschlagen und sind mit dem Boot, von dem aus sonst die Karpfen im Teich gefüttert werden, herumgerudert. Sie werden eh noch kein neues Schloß haben, meint Günther und wir tragen unsere Bierflaschen ins Boot hinüber. Sie haben doch eins, stellt Günther fest. Gleich werden sie eins gehabt haben, sage ich und suche mir einen handlichen Stein.

Werner liegt mit Erika vorne im Boot, obwohl es ganz weiß vom Fischfutter ist, Günther rudert hinten mit einem Brett, ich hocke in der Mitte und lasse meine Hände zu beiden Seiten des Bootes im Wasser schleifen. Nachts auf dem Mississippi, sage ich. Aber keiner der drei hat die Geschichte vom Tom Sawyer gelesen oder im Kino gesehen. Ich trinke langsam mein zweites Bier aus und habe zum erstenmal, seit wir eine Bande sind, das Gefühl, wirklich ein Abenteuer zu erleben. Aber irgendetwas, habe ich den Eindruck, fehlt noch immer. Vielleicht die Filmmusik, denke ich, es muß die Filmmusik sein.

Gehen wir wieder hinüber, sagt Werner plötzlich und deutet ans Ufer. Dort drüben liegt der Frachtenbahnhof, nur ein paar Minuten vom Teich entfernt. Genau, sagt Günther, gehen wir hinüber. Er rudert gleich aufs Ufer zu. Seids nicht so blöd, sage ich, sowas muß man genau planen, sonst nehmts wieder Gurken und wißts nicht, wohin damit. Heute nehmen wir was Ordentliches, sagt Werner. Ohne mich, sage ich. Weilst dich nicht traust, sagt Werner. Weils mir zu blöd ist, sage ich. Na, dann wartest eben im Boot, sagt Günther, weil die Erika fürchtet sich eh allein.

Das Boot schiebt sich in den Schilfstreifen am Ufer, rechts und links hören plötzlich die Frösche zu schreien auf. Wenn ihr in einer halben Stunde nicht da seids, sage ich, fahren wir weg. Warum, sagt Werner. Weils euch dann geschnappt haben, sage ich. Da müssens früher aufstehen, sagt Günther, uns schnappens nicht.

Als sie wiederkommen, haben sie einen großen Karton Würfelzucker mit. Fünfundzwanzig Kilo, sagt Günther, das ist eine Schlepperei gewesen. Ihr seids Trotteln, sage ich, was wollts denn mit dem. Es war ein Pech, sagt Werner, wir haben vier Waggons aufgerissen und überall war Zucker drin. Dann hättets ihn eben dortgelassen, sage ich. Spinnst, sagt Günther, dann wären wir ja umsonst hinübergegangen. Weils nicht geplant war, sage ich, wenn man ein Ding dreht, muß mans planen.

Ich rudere das Boot in den Teich hinaus. Mit denen kann man ja nichts machen, denke ich, die haben keine Disziplin. Günther reißt den Karton auf, nimmt eine Handvoll Zuckerwürfel und streut sie in weitem Bogen ins Wasser. Heut kriegen die Fisch einmal was anderes, kichert er. Werner nimmt auch eine Handvoll. Wir habens ja, sagt er, wir können sogar Fischfüttern damit. Sie greifen immer wieder zu, und ich lege das Brett ins Boot, greife auch in die Schachtel und werfe die Würfel nach oben in die Luft: Sie prasseln wie ein Platzregen ins Wasser. Genau, schreit Günther, genau, und er wirft die Zuckerwürfel wie ich, und plötzlich finde ich es *irrsinnig lustig,* Zucker ins Wasser zu werfen, wir greifen immer schneller zu, ich habe das ganze Gesicht schon klebrig vom Zuckerstaub, wir lachen und brüllen, Erika fängt auch an, die Zuckerwürfel ins Wasser zu werfen, und dann nimmt Günther den ganzen Karton, hebt ihn über den Kopf, balanciert ihn auf einer Hand und stemmt ihn dann hinaus ins Wasser. Das war eine Granaten, sagt er. Wir hätten mehr nehmen sollen, sagt Werner.

Wenn ich überlegt habe, was wir als nächstes machen könnten, welches *Ding,* dann habe ich mir die Straßen unserer Stadt vorgestellt, die Häuser, die Geschäfte, und habe, während ich diese Bilder im Kopf hatte, darauf gewartet, daß mir dazu etwas einfällt: Ein Anhaltspunkt für einen Einbruch, für einen Überfall. Aber weil mir alles so gut bekannt war, daß ich sogar Details dazu wußte: Muster von Zaungittern, Farben von Hausfassaden, ist mir alles viel zu alltäglich gewesen, als daß mir dazu etwas hätte einfallen können, was ich mir doch als außergewöhnlich vorstellte. Das Gewöhnliche, die Ordentlichkeit unserer Stadt hat jedes *Gefühl* eines Abenteuers als nicht am richtigen Platz erscheinen lassen.

Am Samstagabend bin ich mit Günther zu einem seiner Freunde gegangen. Als besondere Attraktion sollte es dort zwei Mädchen aus Wien geben. Weil der Freund Günthers der Bruder von Harry ist, der als einer der wenigen im Ort schon *gesessen* ist, stellte ich mir die Mädchen als *abgebrühte Gangsterbräute* vor. Zuerst bin ich enttäuscht, weil sie ganz *normal* und gewöhnliche Verkäuferinnen sind und weil ich gleich den Eindruck habe, sie sind so naiv, daß sie nicht einmal wissen, mit wem sie es da zu tun haben. Günther hat das Tonband mitgenommen. Es steht auf dem Küchentisch, um den wir, zu fünft, herumsitzen und hilft uns über unsere Anfangsschwierigkeiten hinweg. Wir bereden die Schlager auf dem Tonband, jeder sagt, auf welchen Sänger er besonders steht, und ich bin froh darüber, daß ich bis vor kurzem ›Bravo‹-Abonnent war, weil mich das eindeutig zum Experten, wenigstens in dieser Runde, macht. Ich bemühe mich um Lässigkeit und sarkastische Sprüche und bin sicher, die beiden Mädchen werden mich bald als Beispiel nehmen, daß es nicht nur in der Großstadt klasse Typen gibt.

Das Mädchen, das mir am Tisch gegenübersitzt, redet am wenigsten und mir kommt vor, sie schaut irgendwie traurig drein. Wenn ich sie ansehe, schaut sie weg. Nach einiger Zeit merke ich, daß meine Sprüche bei ihr garnicht ziehen. Ich möchte gerne etwas zu ihr sagen, was für sie allein gilt, aber mir fällt nichts ein, was ich, ohne mich genieren zu müssen, auch vor den anderen sagen könnte. Meine gespielte Lässigkeit kommt mir plötzlich so unpassend vor, daß ich überhaupt aufhöre mitzureden. Ich sitze da, schaue sie an, wenn sie wüßte, wie ich *wirklich* bin, denke ich und auf einmal habe ich Angst, daß der Abend vergehen könnte, ohne daß wir uns *näherkommen.* Sie ist ja nur noch morgen da, abends fährt sie zurück nach Wien. Jetzt möchte ich hypnotisieren können, denke ich und *obwohl* ich sie anschaue und mir im Kopf vorsage, du sollst mich anschauen, du sollst mich anschauen, passiert nichts. Als das Tonband ›Moon of Gold‹ spielt, fällt mir die Renate ein, was mich sofort so wütend macht, daß ich, ohne zu überlegen, auf die Stoptaste des Tonbandgerätes drücke. Hast einen Schuß, sagt Günther, was ist denn? Eh nichts, sage ich schnell und lasse das Tonband weiterlaufen. Wenn wir nur was zum Saufen da hätten, denke ich. Ich höre kaum noch zu, was die anderen reden, weil ich viel zu sehr damit beschäftigt bin, mir vorzustellen, wie es sein *könnte*. Und auf einmal schaut sie nicht mehr weg, sondern lächelt mich sogar an. Es kommt mir wie eine *Erlösung* vor, daß ich sie auch anlächeln kann.

Den ganzen Abend sprechen wir kein Wort miteinander, sondern schauen uns nur manchmal an und lächeln. Ihr Name, Hanni, gefällt mir auch. Beim Weggehen wird verabredet, daß wir uns am nächsten Tag alle Hitchcocks ›Psycho‹ anschauen werden. Das ist genau der richtige Film, denke ich und stelle mir vor, wie ich neben ihr im Kino sitze und sie sich bei den grusligen Stellen dicht an mich drücken wird. Diesmal, bin ich überzeugt, ist es ganz was anderes. Ich verspreche mir, daß ich mit Günther und Werner nichts mehr drehen werde. Das war einmal, sage ich mir, jetzt fange ich neu an, jetzt darf ich mich auf kein Risiko mehr einlassen.

(An Samstagen und Sonntagen, an denen es im Gegensatz zu den übrigen Tagen erlaubt war, sich schon nach dem Mittagessen ins Bett zu legen, habe ich mich am frühen Nachmittag immer mit dem Kopf zum Fußende des Bettes gelegt. Ich hatte die Wand mit den zwei vergitterten Fenstern vor mir und wenn ich mit dem Kopf in die rechte Ecke des Bettes gerutscht bin, habe ich zum Fenster hinaussehen können, auf das Kloster, das wie eine befestigte Burg oben am Berg stand. Dieser Anblick war für mich: *draußen, Freiheit, alle Möglichkeiten haben.* Ich habe immer versucht an Hanni zu denken, an das, was gewesen ist und was hätte werden können. Unser Sommer, habe ich gedacht, das wäre unser Sommer geworden. Weil man mir, indem man mich zwei Wochen vor ihrer Ankunft verhaftete, jede Möglichkeit genommen hat, mit ihr Erfahrungen zu machen, und weil wir von den Möglichkeiten, die ich mir ausdachte, noch keine genützt oder vertan hatten, habe ich geglaubt, uns wären noch *alle Möglichkeiten* offengestanden, ebenso wie ich geglaubt habe, weil ich von ihr so gut wie nichts wußte, daß sie die *Richtige* für mich gewesen wäre.)

Daß ich nichts dazu tun mußte, daß ich nicht extra abspringen mußte, habe ich als eine ganz außerordentlich *glückliche Lösung* angesehen. Als einen *Wink des Schicksals.* Werner und Günther waren nach ihren paar »Probetagen« fest entschlossen, *für immer* nach Wien zu gehen. (Sie waren nach den paar Tagen ganz zuversichtlich in unseren Ort zurückgekommen; jeder hatte eine Menge neuer Kleider, gelbe Pullover, gelbe Socken. Mir war es gleichgültig, wie sie dazu gekommen waren; ihre Beteuerungen, daß sie das alles ohne Gegenleistung geschenkt bekommen hätten, habe ich aber nicht geglaubt. Für nichts und wieder nichts, habe ich gedacht, sowas gibts ja nicht.) Ich konnte meinen Vorsatz, nichts mehr mit ihnen zu machen, bei mir behalten, brauchte keine Angst haben, als Feigling angesehen zu werden, als einer, der sich nur nicht traut. (Diese Angst hätte wahrscheinlich verhindert, daß aus meinem Vorsatz mehr geworden wäre als ein Wunsch, der von einem Zeitpunkt immer wieder auf den nächsten, auf die nächste Aktion verschoben worden wäre.) Ich habe den Tag, an dem sie endgültig nach Wien abreisen würden, als etwas herbeigesehnt, das mich meiner eigenen Zukunft wieder sicherer machen würde. Solange ich noch mit ihnen zu tun hatte, hatte jeder Gedanke an später hinter sich die Bedingung stehen: aber nur, wenn nichts an den Tag kommt. Meine Hoffnungen auf den Sommer, auf meinen Urlaub, haben weitere *Abenteuer* mit den beiden als ganz unsinnig, nicht wünschenswert und höchst gefährlich erscheinen lassen.

Das, was ich zusammen mit Werner bis zum Tag ihrer geplanten Abreise noch gemacht habe, hat erst in der Anklageschrift sein Gewicht bekommen: ein paar Liter Benzin von einem abgestellten Moped abgezapft, eine Rolle für eine Angelrute aus einem Auto mit offenem Fenster mitgehen lassen; dort ist es durch die Sprache des Strafgesetzbuches zu etwas aufgeblasen worden, was ernst zu nehmen war. Für mich war es vorher nichts anderes gewesen, als eine Möglichkeit, durch Aktionen, die ich für nicht der Rede wert hielt, von größeren, die mir hätten gefährlich werden können, abzulenken.

Ich hatte mir *angewöhnt,* das Geld lose in der Jackentasche zu tragen. Diese Nachlässigkeit schien mir zu demonstrieren, wie gleichgültig mir ein möglicher Verlust sei (meine Mutter meinte, wenn ich das Geld nicht in einer Börse hätte, könnte ich es leicht »ausstreuen«). Nicht, daß Geld selbst mir gleichgültig sei, wollte ich zeigen, sondern daß ich soviel davon hätte, daß der Verlust dessen, was ich in der Jackentasche trug, mich nicht treffen könnte.

Weil ich vom Einbruch die »Dreier« hatte, brauchte ich kein Geld für Zigaretten auszugeben, sodaß es mir möglich war, von den siebzig Schilling Lehrlings*entschädigung*, die ich wöchentlich bekam, vierzig zu sparen. Ich hatte nicht die Absicht, mir irgendetwas Bestimmtes für das Ersparte zu kaufen. Ich wollte nur Geld *haben*, nicht als einer dastehen, der *nichts hat*, wenn Hanni im Juli auf Urlaub kommen würde. Jeden Freitag steckte ich vierzig Schilling in die Schatulle auf meinem Nachtkästchen. Münzen schienen mir nur *Kleingeld* zu sein, nicht etwas, worin sich das *Etwas haben* ausdrücken könnte. Es mußte Papiergeld sein. Um meinem Ersparten den Anschein von *viel Geld* zu geben, wechselte ich es in Banknoten, in die kleinsten: lauter Zwanziger. Zehn Zwanziger waren ein Päckchen Geld, unübersichtlich, nicht sofort abschätzbar, wieviel. Zwei Hunderter hätten nach weniger ausgesehen. Ich legte die Zwanziger aufeinander und bog das Päckchen dann in der Mitte zusammen. Ich fand, es sah schon *nach etwas* aus. Ich würde mit Hanni in die Bar gehen, beim Bezahlen in die Jackentasche greifen, das ganze Päckchen Geld herausziehen und die notwendige Anzahl herunterblättern. Jedesmal, wenn ich zahlen würde, würde ich das ganze Päckchen aus der Tasche nehmen und herunterblättern. Bis zum Juli wären es vierzehn Zwanziger geworden.

Die letzten paar Meter vor dem Tor halte ich die Luft an, und ich atme erst wieder aus, als das Tor offen ist. Der Lange macht das Tor nur einen Spalt auf, als befürchte er, daß zuviel Luft von draußen hereinkommt. Ich zwänge mich seitlich durch. Na dann, sagt er und nickt hoch oben über mir mit seinem winzigen Kopf. Er ist einer von den Angenehmeren gewesen, auch wenn er nicht so ausschaut. Der Chef von den Fußmattenklopfern. Wiedersehen, sage ich, und er grinst mich an, na hoffentlich nicht, sagt er. Sofort fällt mir ein, daß ich mir immer wieder vorgenommen habe, auf Nimmerwiedersehen zu sagen. Nein, sage ich, sicher nicht, und ich drehe mich weg. Hinter mir schnappt das Tor ein.

Ich gehe bis zur Gehsteigkante und schaue mich um. Aber ich kann mich nicht genau erinnern, aus welcher Richtung wir damals gekommen sind. Ein heißer Julitag ist das gewesen. Ich nehme die Pappschachtel in die andere Hand und plötzlich habe ich Angst, daß es ein Irrtum gewesen sein könnte oder daß sie es sich wieder überlegen. Ich gehe sehr schnell die Straße hinunter auf den Park zu. Lebendig kriegen sie mich nicht mehr, denke ich, aber der Gedanke kommt mir gleich lächerlich vor. Es ist saukalt, ich habe keinen Mantel, keinen Schal und keine Handschuhe. Dieser Weg, steht auf einer Tafel, wird bei Schneelage nicht gesäubert, die Benützung erfolgt auf eigene Gefahr. Ich stehe einen Moment da und weiß nicht, was das heißen soll: auf eigene Gefahr. Für mich ist alles auf eigene Gefahr. Ich gehe in den Park hinein, mit kleinen, vorsichtigen Schritten, weil der Weg spiegelglatt vereist ist. Die ersten Leute begegnen mir. Ich drehe mich nach den Leuten um, denen ich begegne, um zu sehen, ob sie sich nach mir umdrehen. Fast bin ich enttäuscht, weil sich, zumindest im Augenblick, in dem ich mich umdrehe, niemand nach mir umdreht. Trotzdem, denke ich, an der Schachtel muß man mich erkennen und daß ich keinen Mantel habe. In so einer Stadt haben die Leute doch sicher einen Blick dafür.

Bei der ersten Tabaktrafik kaufe ich eine Schachtel Jonny, obwohl ich in der Jackentasche eine Handvoll Selbstgestopfte habe. Ich sehe zu, wie der Trafikant zielsicher nach hinten greift und die rote Packung vor mich hinlegt. Acht, sagt er und schaut mich an. Der weiß es auch, denke ich und schaue auf den braunen Pappkarton hinunter, den ich niedergestellt habe. Na was ist denn, sagt der Trafikant, acht Schilling. Ich greife hastig in die innere Jackentasche, lege einen Zwanziger hin, und Zünder, sage ich, zwei Flachzünder. Es kommt mir absurd vor, daß die Zigaretten noch immer acht Schilling kosten, ja, daß es sie überhaupt noch gibt. Der Trafikant schiebt das Wechselgeld und die Zünder aufs Pult, ich reiße die Packung auf, rieche daran, genau, denke ich, genau, Jonny. Ich gehe auf die Straße hinaus und rauche ein paar hastige Züge. Mir fällt ein, daß ich auch noch fragen wollte, wie man zum Bahnhof kommt. Ich drehe mich um und sehe, daß mich der Trafikant durch die Glastür beobachtet hat. Ich habe es ja gewußt, denke ich. Jeder weiß es.

Ich habe mir das so einfach vorgestellt: Irgendwen nach dem Weg fragen. Aber Irgendwer ist nicht jeder. Die meisten schauen mir schon so aus, als hätte ich nichts zu erwarten, außer Gemeinheiten. Wenn ich mich für eine Person entschieden habe, sage ich mir im Kopf den Satz vor: Entschuldigung, können Sie mir bitte sagen, wie es zum Bahnhof geht. Es sind fast immer Frauen, für die ich mich entscheide. Ich wiederhole den Satz so lange, bis ich schon an der Person vorbei bin. Irgendwas schreckt mich immer wieder ab. Als ich dann entschlossen auf eine alte Frau zugehe, die ihre Einkaufstasche abgestellt hat und kurzatmig dasteht, fällt mir plötzlich der Satz nicht ein. Zum Bahnhof, bringe ich schließlich heraus, zum Bahnhof. Sie ist sowieso schwerhörig. Beim zweitenmal gelingt mir der Satz komplett. Aber in ihren umständlichen Erklärungen kann ich mich nicht zurechtfinden. Wie alle Schwerhörigen redet die Frau sehr laut. Man könnte, meine ich, dadurch auf mich aufmerksam werden. Ich nicke zu ihren Erklärungen, als hätte ich verstanden. Noch bevor sie mit ihren Reden beim Bahnhof ankommt, gehe ich weiter. Sie schaut mir lange nach und deutet, als ich schon weit weg bin, nach rechts hinüber. Ich gehe trotzdem geradeaus.

Die Schachtel ist so groß, daß ich sie nicht unter den Arm klemmen kann. Ich wechsle ständig die Hände, stecke die freie Hand in die Hosentasche, aber bevor sie dort warm wird, ist die andere heraußen schon wieder eiskalt. Ein Postler, der einen Briefkasten ausräumt, sagt mir, ohne eine einzige Handbewegung zu machen, die Namen der Straßen herunter, die ich gehen muß.

Obwohl ich mir nicht alle gemerkt habe, komme ich zum Bahnhof, ohne noch einmal fragen zu müssen. Weil an der Kreuzung vor dem Bahnhof ein Polizist steht und den Verkehr beobachtet, warte ich so lange, bis wirklich weit und breit kein Auto kommt, und gehe dann erst auf die andere Straßenseite. Wahrscheinlich ist es aber gerade mein Zögern, das mich auffällig macht. Obwohl ich unbedingt wissen möchte, ob der Polizist mir nachsieht, drehe ich mich nicht um. Das wäre ja fast ein Beweis, sage ich mir.

In der Bahnhofshalle bleibe ich gleich neben dem Eingang stehen, schaue eine Weile den Leuten zu und gehe dann dicht neben den Wänden entlang auf die andere Seite der Halle. An der Trafik kaufe ich noch eine Schachtel Jonny, nur um zu sehen, wie die Trafikantin das Päckchen vor mich hinlegt und mein Geld nimmt. Mein Geld ist ihnen recht, denke ich. Da kennen sie keinen Unterschied.

Ich lese die Tafel, wo die abfahrenden Züge verzeichnet sind, schaue auf die große Uhr, es ist zehn nach drei, in nicht ganz eineinhalb Stunden habe ich einen Zug. Meine Mutter wird Augen machen. Kein Mensch hat geglaubt, daß ich noch vor Weihnachten nach Hause komme. Zum Glück ist es finster, wenn der Zug ankommt. Trotzdem wird es morgen der ganze Ort wissen.

Ich gehe wieder dicht neben der Wand entlang zum Fahrkartenschalter, sage mir im Kopf den Satz vor, den ich dann beim Schalter sagen muß, ich spüre, wie ich Angst bekomme, daß mir der Satz wie vorhin, als ich nach dem Weg fragen wollte, im notwendigen Augenblick nicht einfallen wird. Aber ich bekomme ohne Schwierigkeiten meine Fahrkarte und stecke sie zum Kleingeld in die Jackentasche.

Ich lese noch einmal die Abfahrtszeiten und gehe dann auf den Bahnsteig hinaus. Ein paar Schüler mit dicken Schultaschen zwischen den Füßen stehen um ein Mädchen herum, das ein Kofferradio am Arm hat. Ich gehe knapp neben ihnen vorbei, zwischen ihrem Gelächter höre ich die Stimme eines Sängers und weiß sofort, es ist Fats Domino, aber den Schlager kenne ich nicht. Es muß ein neuer sein. Ich habe plötzlich ein Gefühl wie Befriedigung, wie wenn ich mit einer Behauptung recht behalten hätte.

In der Halle setze ich mich auf eine Bank, rauche und schaue auf die große Bahnhofsuhr. Als der Minutenzeiger einen Sprung macht, zucke ich zusammen. Ich schau so lange auf die Uhr, bis ich nicht mehr zusammenzucke. Dann gehe ich zu einem Kaugummiautomaten, werfe einen Schilling ein und drücke den Knopf. Es ist Fruchtkaugummi, den ich nicht mag. Ich stecke die beiden kleinen Würfel in die Tasche und werfe noch einen Schilling ein.

Auf der anderen Seite der Halle ist der Eingang zum Bahnhofsrestaurant. Ich sehe immer wieder hinüber. Wenn es nach meiner Vorstellung ginge, säße ich schon dreimal drin. Mir fallen unsere Reden vor dem Einschlafen ein: Was wir tun werden, wenn wir endlich hinauskommen. Was saufen, ist in allen Wünschen vorgekommen. Ich stehe einen Moment ganz angespannt da und gehe dann sehr schnell quer durch die Halle. Alle könnens mich jetzt, denke ich, wenn sie wollen, und ich spüre, wie mir schwindlig wird, mitten in der Halle, die mir vorkommt wie eine Bühne, wo alle hinschauen, sie können mich, sie können mich, sage ich mir immer wieder, bis ich endlich bei der Tür zum Restaurant bin. Beim Schanktisch stehen ein paar Eisenbahner und ein paar andere Männer in Arbeitskleidung, und als ich an ihnen vorbeigehe, stellt einer sein Bierglas nieder und sagt, Politiker könnt ich keiner werden, weil soviel saufen halt ich nicht aus. Wenns nach dir gehen tät, sagt ein anderer, hätten mir heute noch keinen Staatsvertrag, und die Russen wären noch immer da. Als ich mich an einen Tisch setze, habe ich noch immer Herzklopfen.

Das Lokal ist groß, alt und schäbig. Auf dem grünkarierten Tischtuch haben mir meine Vorgänger hinterlassen, daß sie Gulasch gegessen haben. Der Kellner kommt ein paarmal in meine Nähe, ohne an meinen Tisch zu kommen. Immer wieder wird er durch Wünsche zwischen dem Schanktisch und mir abgelenkt.

Ich hätte mich doch nicht so weit weg in die Ecke setzen sollen. Ich rede mir Geduld ein, aber ich habe ein Gefühl dabei, als hätte ich jetzt keine Zeit mehr zum Geduldhaben. Ein halbes Jahr, sage ich mir, wird doch eh mehr sein, als ein Hund verträgt. Ich lauere darauf, daß der Kellner zur mir herschaut, damit ich mich bemerkbar machen kann. Aber wenn er dann zufällig in meine Richtung schaut, bin ich zu unschlüssig und hebe meine Hand erst, wenn es schon wieder zu spät ist. Rufen müßte ich, aber ich weiß ganz genau, daß ich nicht rufen werde, weil ich Angst habe, dadurch die in meiner Nähe Sitzenden auf mich aufmerksam zu machen. Irgendwie merkt man mir an, woher ich komme, irgendwie muß man das bemerken.

Je länger ich dasitze, ohne bedient zu werden, umso mehr glaube ich, daß der Kellner mich absichtlich nicht bedient. Bei mir kann er sich das ja erlauben, so wie ich ausschaue. Schließlich läuft er mit einem Tablett voll Bierkrügel an meinem Tisch vorbei und stockt. Haben Sie noch nichts gehabt, sagt er erstaunt. Ich schüttle den Kopf und merke, daß meine Ohren heiß werden. Also doch nicht Absicht, denke ich und sage schnell, ein Bier bitte. Flasche oder Krügel, fragt er. Ich mache eine vage Handbewegung, weil ich nicht gleich weiß, wozu ich mich entschließen soll. Also Krügel, sagt er und läuft weiter. Als er mir dann das Bier auf den Tisch stellt, fällt mir ein, daß ich oft gesagt habe, das erste, was ich saufe, wenn ich freigehe, ist ein Cola mit.

Ich trinke langsam ein paar Schluck, mein erstes Bier, denke ich. Das Lokal ist mir auf einmal sehr sympathisch. Ich strecke meine Beine unter dem Tisch aus, lehne mich zurück und sehe zu, wie sich das Lokal immer mehr füllt. Die meisten stehen vor dem Schanktisch, halten die Gläser in der Hand und reden laut, alle Tische um mich herum sind besetzt, und ich habe auf einmal den Eindruck, als gehörten alle Leute hier irgendwie zusammen, und ich gehöre auch dazu. Jetzt könnte ich sogar den Kellner rufen. Als er die Frau mit dem Kind am Nebentisch bedient, rufe ich wirklich, nur um mir zu zeigen, daß ich mich jetzt traue, Herr Ober, rufe ich und er schaut zu mir her, nickt und kommt dann an meinen Tisch. Ein Paar Würstel bitte, sage ich. Zwei Mädchen kommen ins Lokal und sehen sich suchend nach einem freien Tisch um. Ich ziehe die Beine ein und rücke mein Bierglas zu mir an die Tischkante. Vielleicht setzen sie sich her, denke ich. Eines der Mädchen zeigt in meine Richtung, sie zwängen sich mit ihren Koffern zwischen den Tischen durch, ich überlege schon, was ich sagen werde, aber sie setzen sich zu der Frau mit dem Kind. Ich sehe auf die Uhr, in zwanzig Minuten geht mein Zug. Als der Kellner die Würstel bringt, zahle ich gleich.

Das Lokal leert sich so plötzlich, wie es sich gefüllt hat. Die beiden Mädchen sitzen jetzt allein am Nebentisch. Ich tauche ein Würstel in den Senf, beiße ab und muß plötzlich grinsen, weil ich gedacht habe: zum erstenmal wieder Würstel. Ich könnte heute ständig sagen: zum ersten Mal wieder. Bäume gesehen, auf die Straße gespuckt, zehn Minuten geradeaus gegangen. Ich sehe mich im Raum um und sage zu allem, was ich sehe: der erste, die erste, das erste, so lange, bis mir das Wort plötzlich ganz fremd erscheint und ich mir darunter nichts mehr vorstellen kann. Ich trinke den letzten Schluck Bier aus, und als ich das Glas niederstelle und nach meiner Schachtel greife, lacht eines der Mädchen am Nebentisch laut auf und sieht sich dann mit eingezogenem Kopf nach allen Seiten um. Sie merkt, daß ich sie beobachtet habe und sagt kichernd etwas zu dem anderen Mädchen, das kurz zu mir hersieht und dann die Augen wie beiläufig weiterwandern läßt. Ich ziehe meine Hand langsam von der Schachtel zurück und greife in die Jackentasche nach den Zigaretten. Ich sehe die Mädchen an, die alle Augenblicke über irgendetwas lachen, aber dann sofort immer wieder ernst werden. Ein Leben wie ein junger Hund, denke ich, haben die. Ich schaue dem Kellner nach, wie er von Tisch zu Tisch läuft, die leeren Gläser abräumt und die Aschenbecher ausleert. Mir kommt vor, als beobachte ich da etwas ganz Wichtiges, etwas, das ich früher nie beachtet habe. Ich sitze ganz ruhig da und sehe zu, und als ich dann auf die Uhr schaue und merke, daß es nur noch fünf Minuten bis zur Abfahrt meines Zuges sind, weiß ich schon, daß ich nicht fahren werde. Den Gedanken an meine Mutter schiebe ich kopfschüttelnd weg.

Ich zähle mein Geld unter dem Tisch, es sind fast hundert Schilling. Soviel kann ich garnicht ausgeben, meine ich. In den letzten Wochen habe ich mir nur noch Tabak, Zigarettenhülsen und Zucker als Zubuße gekauft, keine Margarine mehr, keine Zitrone, keinen Paprikaspeck wie sonst, um mir in der Weihnachtswoche mehr Zubuße leisten zu können. Als ob ich es geahnt hätte, denke ich. Ich bestelle beim Kellner, der den Teller und das Bierglas von meinem Tisch nimmt, ein Cola mit Rum. Gleich darauf geht die Tür ständig wieder auf und zu, der Zug muß jetzt angekommen sein, mein Zug, die Menschentraube vor dem Schanktisch wird langsam wieder größer, der Kellner hat anscheinend meine Bestellung vergessen. Aber das ist mir jetzt gleichgültig.

Ohne zu fragen, setzen sich drei Männer an meinen Tisch, so als säße ich garnicht da. Ich merke, daß ich unsicher werde und dann ärgerlich, weil ich unsicher geworden bin. Wenigstens fragen hätten sie können, denke ich, das ist ja kein Gehörtsich. Einer der drei schreit dem Kellner durchs halbe Lokal, drei Bier, Franz, zu. Gesindel, denke ich, und mir fällt ein, daß sie sich mindestens dasselbe von mir denken können. Wenn sie Bescheid wissen. Sie reden laut über einen Vorarbeiter. Der Arsch, sagt einer, wo der noch nicht drin war, den gibts gar nicht. Der schmiert sich jeden Tag mit Niveacreme ein, daß es besser rutscht, sagt der Dicke mir gegenüber. Und lauter uralter Schmäh, denke ich. Einmal, sagt der dritte, einmal in meinem Leben hab ich Arschkriechen wollen, aber wie ich hineinkomm, war schon einer drin. Wen anderen hätten sie sicher gefragt, denke ich, nur mich braucht man nicht fragen. Der Kellner bringt die drei Bier. Als er mich sieht, fällt ihm mein Cola mit Rum wieder ein. Ich brings gleich, sagt er. Ich grinse verlegen, jetzt brauche ich es auch nicht mehr, denke ich. Ich überlege lange, was ich hätte sagen müssen, um das Cola abzubestellen. Ich hätte doch fahren sollen, denke ich.

Der Dicke nimmt mir die Aussicht auf die beiden Mädchen. Ich lese stattdessen immer wieder die Aufschrift auf dem Bierdeckel vor mir. Als ich das nächste Mal zu den Mädchen hinschaue, sind sie gerade im Gehen. Vielleicht hätte ich mich hinübersetzen sollen, denke ich. Ich versuche, mir nach dem Aussehen der Mädchen vorzustellen, ob etwas zu machen gewesen wäre. Bei der Schwarzen vielleicht, meine ich, ich hätte mich hinübersetzen sollen. Als der Kellner endlich mein Cola bringt, zahle ich gleich, trinke nur einen Schluck, ohne zu merken, was ich trinke, und gehe schnell aus dem Lokal. Die drei am Tisch habe ich nicht gegrüßt.

In der Bahnhofshalle setze ich mich in die Nähe des Fahrkartenschalters und sehe den Leuten zu, die sich durch die Halle bewegen. Mir fallen die exakten Zweierreihen des täglichen Rundgangs im Innenhof ein. Ich halte die Schachtel auf den Knien, als fürchte ich ihren Verlust. Als mir auffällt, wie ich dasitze, stelle ich sie sofort neben mich auf die Bank. Es ist ja nur etwas Wäsche und ein Englischlehrbuch drin. Ich sitze und warte so lange, bis einmal kurze Zeit niemand vor dem Fahrkartenschalter steht. Dann gehe ich schnell hinüber und halte dem Beamten hinter dem Glas meine Fahrkarte hin. Kann ich mit der morgen auch noch fahren, frage ich. Der Mann macht das kleine ovale Fenster, wo man hineinredet, auf, nimmt die Karte, schaut sie genau an und schaut dann mich an. Ich habe den Zug versäumt, sage ich schnell. Geht ja eh noch einer, sagt er, neunzehn Uhr siebzehn. Ich merke, wie sich hinter mir jemand anstellt, und ich möchte ganz schnell vom Schalter weg, aber der Beamte hält meine Karte noch immer in der Hand. Ich will aber morgen fahren, sage ich leise. Er kommt mit seinem Gesicht fast bei dem kleinen Fenster heraus. Was ist? bellt er mich an, und mir wird ganz heiß. Morgen möchte ich fahren, sage ich. Na, dann fährst eben morgen, sagt er und gibt mir meine Karte zurück.

Einen Tag lang leistete mir ein sechsundfünfzigjähriger, arbeits- und unterstandsloser Mann Gesellschaft. Er war, als er im Freien nächtigte und keinen Groschen Geld bei sich hatte, aufgegriffen und zu mir in die Zelle gesteckt worden. Meine romantische Vorstellung von Vagabondage ist mir dadurch vollständig ausgetrieben worden. Mit Ausnahme dieses Tages wurde ich wegen Verabredungs- und Verdunklungsgefahr eine Woche lang im Bezirksgericht in Einzelhaft gehalten. Einer meiner Komplizen hatte bei seiner Festnahme (er hatte, weil ihm der Zug davongefahren war, ein Moped unbefugt in Betrieb genommen und war dabei geschnappt worden) gleich einen Großteil der von uns begangenen Straftaten gestanden, obwohl es dafür keinen vernünftigen Grund gegeben hat, und wir beiden anderen hatten dann ebenfalls unser *Gewissen* durch die Ablegung eines umfassenden Geständnisses *erleichtert.* Ich habe nicht gewußt, was ich dann noch mit irgendwem hätte verabreden oder verdunkeln können.

Bei der Überstellung ins hundert Kilometer entfernte Gefangenenhaus des Kreisgerichts wurden meinen Komplizen und mir wegen des Verdachts, daß wir uns durch Flucht der Bestrafung entziehen könnten, Handschellen angelegt. Der Verdacht wurde in Anbetracht des zu erwartenden Strafausmaßes als begründet angesehen. Ich habe jedoch nie an Flucht gedacht, weil ich ständig erwartet habe, man werde mich ohnedies gleich freilassen.

Die ersten zwei Wochen meines Aufenthalts im kreisgerichtlichen Gefangenenhaus habe ich in Einzelhaft verbracht. Diese Maßnahme, die sonst als Strafverschärfung verhängt wird, wurde nicht mit Gesetzestexten begründet, sondern damit gerechtfertigt, daß jugendliche Straftäter nicht zusammen mit erwachsenen inhaftiert werden sollen und daß die eine Zelle, in der Jugendliche festgehalten wurden, mit sechs Mann voll belegt war. Ich habe es nicht verstanden, warum es unmöglich war, einen dieser sechs in meine Zelle zu verlegen, in der ja ein zweites Bett war.

Nachdem einer der Jugendlichen, ein fünfzehnjähriger Hilfsarbeiter (wegen versuchten Raubes an seinem Stiefvater zu einer Rahmenstrafe von acht bis fünfzehn Jahren verurteilt), zur Verbüßung seiner Strafe in eine Jugendstrafanstalt gebracht worden ist, bin ich endlich in die Sechsmannzelle verlegt worden. Ich habe das als eine Erlösung angesehen. Durch anständiges, zu keinen Klagen Anlaß gebendes Betragen habe ich mich dafür dankbar gezeigt.

Vier der fünf Mithäftlinge waren zu dieser Zeit unabhängig voneinander aus verschiedenen Erziehungsanstalten entwichene Zöglinge, die auf ihrer Flucht Eigentumsdelikte begangen hatten. Der fünfte war ein sechzehnjähriger Schmiedelehrling, der seinem Lehrherrn mehrmals Werkzeug und Material entwendet hatte. Als der Lehrherr die Diebstähle entdeckte und mit einer Anzeige drohte, soll der Lehrling auch noch gefährliche Drohungen ausgesprochen haben.

Meine beiden Gesuche um Enthaftung auf Gelöbnis bis zur Hauptverhandlung wurden mit der Begründung abgelehnt, ich würde mich in Anbetracht des zu erwartenden Strafausmaßes der Verurteilung durch Flucht entziehen, außerdem bestünde Verabredungs- und Verdunklungsgefahr. Meine Komplizen, mit denen ich nichts mehr hätte verabreden können, um etwas zu verdunkeln, verbüßten zu dieser Zeit ihre fünf- bzw. sechsmonatige Kerkerstrafe in derselben Haftanstalt, in der auch ich inhaftiert war. Ich habe beide oft im Arbeitssaal und beim Spaziergang getroffen.

Dem dritten Antrag, den mein Verteidiger stellte, wurde in Anbetracht des bevorstehenden Weihnachtsfestes stattgegeben.

Meine Enthaftung traf mich völlig unvermutet und gerade mit der üblichen Vorstellung eines Ausbruchs aus dem Gefängnis beschäftigt, einer Vorstellung, von der ich ganz genau wußte, daß sie niemals Wirklichkeit werden würde.

Als ich die Stufen vor dem Bahnhof hinuntergehe, ist es schon dunkel. Mir kommt alles viel freundlicher vor. Jetzt sieht man nicht so leicht, was ich für einer bin. Ich stelle mir eine Weile vor, daß ich überhaupt unsichtbar bin. Das Problem dabei ist, ob dann das, was ich in die Hand nehme, auch unsichtbar wird. Wenn nicht, hat es nicht viel Sinn, meine ich.

Auf den Straßen ist viel Verkehr. Arbeitsschluß, fällt mir ein,

Freitag, und ich habe gleich ein Gefühl, als hätte ich selbst eine ganze Arbeitswoche Warten auf Freitag hinter mir. Kommt alles wieder, sage ich.

Ich gehe immer weiter geradeaus, bis ich an eine Straße komme, die ganz hell ist von beleuchteten Schaufenstern, die alle auf weihnachtlich hergerichtet sind. Ich biege ein und schaue mir im Gehen die Auslagen an. Mir wird plötzlich so warm, daß ich am liebsten mit den Händen in den Schnee am Gehsteigrand greifen möchte. Als ich auf der anderen Straßenseite das Wort »Hotel« lese, gehe ich, ohne zu zögern, hinüber. Ich öffne die Glastür, gehe auf den roten Samtvorhang zu, schlage ihn zurück und erschrecke, als ich die große Hotelhalle mit dem Marmorboden und der dunklen Wandtäfelung sehe. Der Portier schaut zu mir her. Die Schachtel, denke ich, die Schachtel. Ich ziehe die Hand mit der Schachtel hinter dem Samtvorhang zurück, und während ich mir noch vorstelle, daß ich über den roten Läufer auf den Portier zugehe, lasse ich den Vorhang zurückfallen und laufe auf die Straße. Ich bin so durcheinander, daß ich nicht weiß, ob ich jetzt eine strafbare Handlung begangen habe oder nicht. Ich biege in die nächste Seitengasse ein, wo es nicht so hell ist. Ich hätte nach Hause fahren sollen, denke ich und stelle mir vor, wie ich nach Hause komme, ich stehe vor der Tür und bin unschlüssig, ob ich anklopfen soll, schließlich gehe ich hinein, ohne anzuklopfen, meine Mutter steht in der Küche. Weil ich mir außer Vorwürfen nichts vorstellen kann, was sie sagen wird, denke ich schnell an etwas anderes.

Bei den zwei, drei Hotels, an denen ich noch vorbeikomme, bleibe ich nicht einmal stehen. Das hat ja alles keinen Sinn, denke ich. Aber ich suche trotzdem die Häuserfronten weiter nach dem Wort »Hotel« ab. Ich sehe auf die Uhr und rechne mir aus, ob ich den Zug um neunzehn Uhr siebzehn noch erreichen würde. Wenn ich in einer halben Stunde kein Zimmer habe, sage ich mir, dann drehe ich um. Ich bin nicht sicher, ob ich den Weg zurückfinden würde. Obwohl mir nicht sehr kalt ist, fangen mir die Zähne zu klappern an. Wenn ich an jemandem vorbeigehe, beiße ich die Zähne fest aufeinander, weil ich den Eindruck habe, das Klappern meiner Zähne könnte mich irgendwie verraten. Als ich merke, daß ich anfange, mir selbst leid zu tun und mein Zähneklappern zu genießen, sage ich laut, Arsch mit Ohren, Arsch mit Ohren, und ich spüre sofort, daß sich mein Gesicht entspannt.

Als ich an einer Hausecke unter einer Bierreklame »Gasthof und Fremdenzimmer« lese, gehe ich so schnell hinein, daß ich mir nicht einmal überlegen kann, was ich sagen werde. Das Gastzimmer ist so voll und laut, daß ich sofort den Eindruck habe, daß ich hier nicht auffallen kann. Ich stelle mich an den Schanktisch neben einen Mann in blauer Arbeitskluft, der schon so betrunken ist, daß er sich am Schanktisch festhalten muß. Wennst mir kein Bier mehr gibst, sagt er drohend zum Wirt, der einen Doppelliterkrug langsam vollaufen läßt, wennst mir nichts mehr gibst, sagt er, dann geh ich. Ja, sagt der Wirt, morgen ist auch noch ein Tag. Aber eins, sagt der Betrunkene, eins gibst mir noch. Hast ja eh noch eins, sagt der Wirt und schaut mich an. Ein Zimmer, sage ich, ich hätte gern ein Zimmer. Für wie lang, fragt der Wirt und schaut mich ganz schnell von oben bis unten an. Für eine Nacht, sage ich und zwinge mich, ihn anzusehen. Gleich, sagt er und trägt den vollen Krug weg. Ich schiebe meine Schachtel mit dem Fuß dicht an den Schanktisch heran und stelle mich davor. Mit Frühstück oder ohne, sagt der Wirt, als er zurückkommt. Ohne, sage ich, wieviel kostets denn. Fünfundvierzig, sagt der Wirt, Beheizung inklusive. Ich nicke, und er legt einen Block Meldezettel vor mich hin, ausfüllen, sagt er und schaut mir zu. Ich habe so feuchte Hände, daß man auf dem rosa Papier meinen Handabdruck sieht. Bei der Rubrik »zugezogen von« weiß ich nicht, was ich schreiben soll. Ich kann ja nicht schreiben, wo ich wirklich herkomme. Na, sagt der Wirt. Der weiß es jetzt, denke ich und schreibe schnell die Adresse von zu Hause hin. Wenns mir da draufkommen, denke ich, bin ich gleich wieder drin. Das Zimmer muß ich gleich bezahlen. Ich halte das für eine Bestätigung, daß der Wirt im Bilde ist.

Ein vielleicht dreizehnjähriges Mädchen, das mir das Zimmer zeigen soll, geht mit mir über den Hinterhof in einen Seitentrakt, der außen noch im Ziegelrohbau ist. Vielleicht weiß er es doch nicht, denke ich, sonst wäre er wahrscheinlich selber mit mir gegangen. Das Mädchen geht vor mir die Treppe hinauf. Sie hat einen sehr kurzen Rock und kräftige Beine. Wenn sie ein paar Jahre älter wäre, denke ich. Sie sperrt die Tür auf, schaltet das Licht an und läßt mich an sich vorbei ins Zimmer treten. Sie riecht wie ein Schweinsbraten, denke ich. Wenn Sie noch weggehen, sagt das Mädchen, könnens den Schlüssel mitnehmen. Ja, sage ich und sehe mich im Zimmer um. Frühstück gibts ab sieben, sagt sie und geht hinaus. Sie macht die Tür ganz leise zu. Ich warte, bis ich ihre Schritte nicht mehr hören kann und sperre dann die Tür ab. Ich stelle meine Schachtel nieder und streiche mit der Hand über die Bettdecke. Mir kommt das Bettzeug übertrieben weiß vor. Ich ziehe den Vorhang vor dem Fenster zu, gehe zum Waschbecken und sehe in den Spiegel. Ich schaue aus wie immer. Gut erhalten, sage ich mir und grinse mich an. Ich ziehe die Jacke aus, drehe den Warmwasserhahn auf und lasse das Wasser über meine Hände rinnen. Es wird langsam immer heißer, bis ich die Hände wegziehen muß. Dann drehe ich auch das kalte Wasser auf und lasse das Becken bis zum Überlauf vollrinnen. Ich sehe zu, wie sich meine Hände im Wasser langsam mit winzigen Luftblasen überziehen. Aus der Zentralheizung unter dem Fenster kommt ein hoher, pfeifender Ton. Ich gehe hinüber, lege die nassen Hände auf die Rippen des Heizkörpers und spüre, wie ich eine Gänsehaut bekomme und ein Gefühl wie Geborgenheit. Als sich die Gänsehaut verläuft, ist auch das Gefühl wieder weg. Ich tauche die Hände nochmals ins Wasser und lege sie wieder auf den Heizkörper. Aber das Gefühl kommt nicht mehr. Alles ein Schmäh, denke ich ärgerlich. Ich trockne die Hände ab, setze mich aufs Bett und rauche ganz langsam eine Jonny. Jedesmal, wenn ich die Zigarette im Aschenbecher abstreife, lese ich auf seinem Boden die Inschrift, bis sie ganz unter der Asche verschwindet. Es wundert mich plötzlich, daß ich mich getraut habe, in das Gasthaus zu gehen und nach dem Zimmer zu fragen, und es wundert mich, daß ich gleich das Richtige gesagt habe. Ich muß mir den Satz merken, sage ich. Der Gedanke, mir die brauchbaren Sätze bei Gelegenheit aufzuschreiben, kommt mir dann doch zu blöd vor.

Die Gerichtsverhandlung fand im Februar, zwei Monate nach meiner Entlassung aus der Untersuchungshaft, statt. Ich war geständig und bekannte mich in allen Punkten der Anklage schuldig. Unter der anwesenden Öffentlichkeit entstand mehrmals Heiterkeit, weil ich nicht wußte, wann ich mich von der Angeklagtenbank zu erheben hatte und wann es mir erlaubt war, mich wieder zu setzen. (Im Zweifelsfalle hätte diese Tatsache gegen mich gesprochen.) Erst nach der Verhandlung erfuhr ich, daß der links sitzende Mann in der Robe, der mir besonders aufsässig, verständnislos und rachsüchtig schien, der Anwalt des Staates war. Die an mich gestellte Frage, warum ich alle mir zur Last gelegten Straftaten begangen hatte, habe ich nicht beantworten können. Der Verteidiger hat unter dem Gelächter des Gerichts gemeint: Cherchez la femme. Ich habe erst Jahre später erfahren, daß er damit meinte, daß die Frauen der Grund meiner Verbrechen seien. Schersche la femm, sagte er und der Richter korrigierte: famm, Herr Kollege, famm. Sie haben sich über die richtige Aussprache nicht einigen können. Den Grund ihrer Heiterkeit konnte ich mir nicht erklären. Ich habe vorsichtshalber nur gelächelt. Auch die Feststellung des Richters, daß das nicht der wahre Grund sein könne, da ich dafür noch etwas zu grün sei, habe ich nicht verstanden. Weil es aber ohnedies nicht darum ging, Gründe und Hintergründe zu finden, sondern nur darum, einen zu bestrafenden Tatbestand festzustellen, ist die Frage nach den Gründen meiner Verbrechen bald fallengelassen worden. Ich habe auf das mir erteilte Schlußwort verzichtet, weil ich dem Gericht nichts zu sagen hatte.

Ich bin im Namen der Republik für schuldig befunden und verurteilt worden. Die Strafe wurde unter Anrechnung der Untersuchungshaft als verbüßt angesehen. Die Gerichtskosten, die selbstverständlich höher waren, als der von mir und meinen Komplizen angerichtete Schaden (von dem die Opfer nichts bemerkt, sondern erst nach unserer Verhaftung durch die Gendarmerie erfahren hatten), sind auf Antrag des Verteidigers als uneinbringlich erklärt worden.

Der Verteidiger sagte mir nachher, daß ich mit dem Ausgang ganz zufrieden sein müßte. (Wahrscheinlich bin ich das dann auch gewesen.)

Später gehe ich auf die Straße hinunter. Zum Glück gibt es einen zweiten Eingang, sodaß ich nicht durchs Gastzimmer muß. Vielleicht habe ich auch nur deshalb das Zimmer gleich bezahlen müssen, denke ich.

Oben im Zimmer ist es mir zu still gewesen. Jedes Geräusch hat mich an mich erinnert, genau wie in der Zeit meiner Einzelhaft, in der ich oft lange ganz bewegungslos gesessen bin, um mich nicht durch meine Geräusche auf meinen Zustand aufmerksam zu machen. Ich bin oben im Zimmer am Bett gesessen und habe mir vorgestellt, wie draußen die Stadt liegt, und ich bin plötzlich ganz erwartungsvoll geworden. Ich habe versucht, diese jäh aufkommende Gier zu unterdrücken, aber mir ist dazu kein Vernunftsargument eingefallen.

Ohne die Schachtel fühle ich mich sofort viel beweglicher. Ich versuche den Weg zurückzufinden, den ich hergegangen bin. Absichten habe ich keine, aber genug Hoffnungen. Ich gehe sehr schnell und passe genau auf, ob sich irgendwo die Gelegenheit ergibt, mich vor anderen Leuten auszuprobieren. Meistens ist die Gelegenheit schon vorbei, wenn sie mir auffällt. Bei einer Telefonzelle bleibe ich stehen und sehe zu, wie eine Frau mit heftigen Handbewegungen spricht. Als sie noch eine Münze einwirft, stelle ich mich so, daß sie mich sehen kann. Ich zwinge mich, sie in einem fort anzusehen. Sie wird unruhig und dreht sich um. Ich gehe auf die andere Seite der Telefonzelle und schaue ihr ins Gesicht. Es fällt mir sehr schwer, stehenzubleiben und sie anzuschauen. Aber ich muß, sage ich mir, ich muß. Die Frau dreht sich wieder weg, und noch bevor ich auf die andere Seite gehen kann, beendet sie das Gespräch und läuft aus der Telefonzelle. Sie schaut sich mehrmals nach mir um. Na also, sage ich und mache die Tür der Telefonzelle zu, die die Frau offengelassen hat.

Ich gehe die Straße hinunter, wo ich vor dem Hotel davongelaufen bin. Ich glaube, daß ich jetzt nicht mehr davonlaufen würde. Aber ich bin nicht sicher, ob man mir dort ein Zimmer geben würde. Ich stelle mir vor, daß ich hineingehe und das beste Zimmer verlange. Sagen wir, denke ich, ich habe genug Geld. Der Gedanke macht mich so übermütig, daß ich einen Schneeball mache und mich nach einem geeigneten Ziel umsehe. Als ich merke, daß jemand hinter mir geht, lasse ich den Schneeball unauffällig zu Boden fallen. Ich habe gleich eine Ausrede im Kopf: Sowas zahlt sich ja nicht aus, und man ist gleich wo drin. Als ich vor mir eine große Leuchtschrift von der Wand ragen sehe: »Fischerbar«, gehe ich schnell darauf zu. Ich schüttle heftig den Kopf hin und her, um jeden Gedanken, der mich aufhalten könnte, unmöglich zu machen.

Das Lokal ist nicht sehr hell, über jedem Tisch hängt eine rote Lampe, der Raum ist durch Netze in Nischen aufgeteilt, ausgestopfte Fische hängen herum, Reusen, Anker, ich setze mich unter das aufgerissene Maul eines Hechtes und zünde sofort eine Zigarette an. Ich spüre die Wand im Rücken, obwohl ich mich nicht anlehne. Die Kellnerin, die hinter der Bar gestanden ist und mit zwei Männern geredet hat, die auf Barhockern sitzen und ihr jetzt nachschauen, kommt sofort zu mir her, ich bestelle ein Cola mit Rum, bitte sehr, sagt sie und lächelt, als sie es vor mich hinstellt. Ich schaue ihr so lange zu, bis sie an einen anderen Tisch gerufen wird und auch dort lächelt. Also doch ein berufsmäßiges Lächeln, stelle ich fest, wegen des Trinkgelds. An der Musikbox ist eine kaputte Neonröhre, die ständig zuckt. Ich gehe hinüber, und es gelingt mir, die linke Hand dabei nicht in die Hosentasche zu stecken. Ich stehe lange vor der Musikbox, bevor ich überhaupt ruhig genug bin, um mir unter den Titeln, die ich ganz automatisch herunterlese, auch etwas vorstellen zu können. Die meisten Titel kenne ich, und ich drücke zwei, die ich auch zu Hause immer gedrückt habe. Ein dritter Schilling fällt durch, aber ich lasse ihn, wo er ist, und gehe schnell zu meinem Tisch zurück: Ich weiß, daß alle zum Musikautomaten sehen, wenn plötzlich die Musik anfängt. Ich drücke mich auf der gepolsterten Sitzbank in die Ecke und hebe meinen Kopf so weit über den unteren Rand des Lampenschirms, daß die obere Hälfte meines Gesichts im Dunkeln liegt. Brenda Lee singt »I'm sorry«. Ich weiß zwar nicht, was ihr leid tut, mein Englisch reicht gerade für den Titel, aber es ist etwas ganz Trauriges, und ich werde erwartungsgemäß sentimental, bis mir das Wort »sentimental« einfällt. Schenkelöffner, denke ich, haben wir sowas immer genannt. Ich rutsche ärgerlich am Sitz nach unten, bis mein Gesicht wieder ganz im Licht ist.

Im Lokal wird es langsam lauter. Außer den beiden auf den Barhockern, die sichtlich um die Kellnerin konkurrieren, sind fast nur Leute ungefähr in meinem Alter da. Am Tisch nebenan streiten vier Burschen über die Höchstgeschwindigkeit von zwei verschiedenen Mopedtypen. Bergab mit Rückenwind geht das eine immer nur so schnell wie das andere bergauf. Erst als sich ein Mädchen allein an einen Tisch setzt, kommen sie vom Thema ab. Ich bestelle noch ein Cola mit und merke, daß mir solche Sätze ganz ohne Nachdenken einfallen. Ich zahle gleich, um zu sehen, wieviel ich mir noch leisten kann. Sechzehn bitte, sagt die Kellnerin. Das ist mehr, als ich erwartet habe. Ich gebe ihr zwei Zehner und sehe zu, wie sie in ihrer dicken Brieftasche kramt. Siebzehn, sage ich leise. Danke, sagt sie und geht, ohne mir herauszugeben. Ich überlege lange, ob es gescheiter ist, großzügig zu sein oder ihr zu zeigen, daß sie sich das bei mir nicht erlauben kann. Aber ist ja eh nicht der Rede wert, sage ich mir dann. Als mir einfällt, daß ich die letzten Monate für eine Stunde Arbeit sechsundzwanzig Groschen bekommen habe, sage ich mir, das sind dort ganz andere Verhältnisse. Die Frage, ob ich mir für meine restlichen siebenundzwanzig Schilling etwas zu essen oder noch ein paar Cola mit Rum kaufen soll, vergesse ich wieder, bevor ich mich entscheiden kann.

Das Mädchen, das allein am Tisch sitzt, geht zur Musikbox und drückt auswendig ein paar Nummern. »I'm sorry« ist auch dabei. Zuerst meine ich, und ich werde ganz aufgeregt bei dem Gedanken, daß das etwas zu bedeuten hat, aber dann fällt mir ein, daß das Mädchen ja noch garnicht da war, als ich die Platte gewählt habe. Sie sitzt ganz versunken da und fährt mit der Hand die Maserung der Tischplatte nach. Ich denke daran, daß ich mir brauchbare Sätze aufschreiben wollte. Wenn ich sie jetzt schon hätte, meine ich, dann wäre alles geritzt. Die Sätze, die mir einfallen, kommen mir ganz idiotisch vor, wie die aus einer Tanzschule. Da mach ich mich ja nur lächerlich. Mir fällt das Zimmer ein, das ich genommen habe und in das man kommen kann, ohne an einem Portier oder an sonstwem vorbei zu müssen. Ich merke, daß ich zu dem Zimmer »Daheim« gesagt habe, und es kommt mir so absurd vor, daß ich laut auflachen muß. Das Mädchen sieht zu mir her und sieht auch nicht weg, als ich sie anschaue. Jetzt, denke ich, jetzt, und ich drücke meine Zigarette aus, stehe auf und gehe auf ihren Tisch zu, und plötzlich ist mir ganz heiß, und ich bin ganz sicher, daß mir nichts einfallen wird, kein Wort, und ich gehe an ihrem Tisch vorbei weiter in den Raum hinein. Zum Glück ist dort hinten das Klo, ich gehe hinein und stelle mich an eine Pißmuschel. Ich sehe zu, wie mein Urinstrahl die weißen Kugeln in der Muschel herumschwemmt und schlage ganz plötzlich, ohne eigentlich daran zu denken, mit dem Kopf gegen die Fliesen an der Wand. Ich bin auf einmal sehr müde. Heimfahren hätte ich sollen, sage ich. Ich sperre mich in einem Klosett ein und setze mich, ohne die Hose herunterzulassen, auf die Klomuschel.

Als ich an meinen Tisch zurückkomme, sitzt einer der vier vom Nebentisch bei dem Mädchen. Aber das ist mir jetzt auch schon gleichgültig. Ich trinke noch einen großen Kognak und dann noch ein Cola mit Rum, aber betrunken werde ich nicht. Ich warte, daß etwas passiert, irgendetwas, daß sich wenigstens jemand an meinen Tisch setzt. Kurz vor zehn gehe ich. Trinkgeld habe ich der Kellnerin keines mehr gegeben.

Als ich mein Zimmer aufsperre, merke ich, daß ich vergessen habe, das Licht abzudrehen. Ich bin zum Umfallen müde, wasche mich aber trotzdem sehr ausgiebig mit warmem Wasser. Im Bett rauche ich die letzte Jonny. Morgen muß ich Selbstgestopfte rauchen. Ich drehe die Nachttischlampe mehrere Male ab und wieder auf. Ein halbes Jahr habe ich das jetzt nicht tun können. Das Licht in den Zellen wird draußen am Gang von den Wärtern abgedreht. Ich kann mir nicht vorstellen, daß mir das Auf- und Abdrehen einer Nachttischlampe jemals wieder zu einer ganz selbstverständlichen Handlung werden könnte.

Im Halbschlaf, gegen Morgen, habe ich auf einmal nicht gewußt, ob ich wirklich heraußen bin oder ob ich mir alles nur eingebildet habe. Vor Entsetzen, daß es nicht wahr sein könnte, bin ich sofort hellwach geworden. Ich habe die Augen aufgerissen, aber es ist stockdunkel gewesen. Erst als ich die Wand neben mir gespürt habe, bin ich sicher gewesen, nicht in meinem Bett in der Zelle zu sein. Ich habe trotzdem noch Indizien gesammelt: das weiche, federnde Bett, das glatte Bettzeug; und dann ist mir eingefallen, daß es in der Zelle ja nie ganz dunkel war, weil die Gebäudefront mit Scheinwerfern angeleuchtet worden ist, die den Schatten der Fenstergitter an die Decke geworfen haben. Erst als es keinen Zweifel mehr gegeben hat, habe ich das Licht aufgedreht. Der Anblick des Zimmers ist mir noch einmal eine Bestätigung gewesen. Ich habe auf die Uhr geschaut, es war genau sechs. Im Gefangenenhaus läuteten um diese Zeit die Klingeln auf den Gängen zum Aufstehen. Man mußte dann sofort aus dem Bett springen und das Bett zum Lüften aufreißen. Um zu unterstreichen, daß ich nun auf freiem Fuß war, habe ich mich wieder fest in die Bettdecke gewickelt und das Licht abgedreht. Aber ich habe nicht wieder einschlafen können.

Weil ich nicht wußte, mit welchem Maß man mich gemessen hatte, und weil ich mir nicht vorstellen konnte, wie das Gericht zur Festsetzung meines Strafausmaßes gekommen war, habe ich es mir auszurechnen versucht. Ich habe den gesamten von mir und meinen Komplizen angerichteten Schaden durch die Tage meiner Untersuchungshaft dividiert und bin zum Ergebnis gekommen, daß ein Tag meines Lebens 7 Schilling und 38 Groschen wert gewesen war. Nicht ganz zwei Bier.

Um zehn liege ich noch immer im Bett. Die Vorhänge habe ich schon von den Fenstern gezogen. Ich habe mich auch schon gewaschen und Zähne geputzt. Mein Zug geht erst gegen zwei, und ich weiß nicht, was ich sonst tun könnte, als im Bett zu bleiben, wo es wenigstens warm ist. Wenn ich das Zimmer verlasse, kann ich höchstens draußen in der Kälte herumrennen, weil ich nur noch drei Schilling habe, für die ich mich nirgends mehr hineinsetzen kann. Ich weiß nicht, bis wann ich aus dem Zimmer sein muß. Ich habe damit noch keine Erfahrung. Lange, denke ich, werde ich nicht mehr bleiben können, sonst rechnet mir der Wirt noch einen zweiten Tag dazu, den ich gar nicht bezahlen kann. Ich versuche mir vorzustellen, was in so einem Fall sein wird. Tellerwaschen, fällt mir ein, das habe ich einmal irgendwo gelesen. Aber jetzt halte ich das nicht mehr für sehr realistisch. Da wird er eher noch die Polizei holen, meine ich.

Ich rauche eine Selbstgestopfte nach der anderen. Aber gegen den Hunger nützt es doch nichts. Manchmal knurrt mein Magen so laut, daß man es sicher draußen auf dem Gang hören kann. Zuerst hat es draußen Geräusche gegeben, Schritte, Schlüsselklirren, aber jetzt ist es schon über eine Stunde ganz still. Man hört das Wasser im Heizkörper gluckern. Die Zeit vergeht mir sehr langsam. So wie in den Tagen meiner Einzelhaft fange ich damit an, mir Gedichte herunterzusagen, die ich noch aus der Schulzeit in Erinnerung habe. Meistens ist schon nach ein paar Strophen Schluß. Als mir kein Gedicht mehr einfällt, beginne ich zu zählen, wie oft sich das Muster der Wandmalerei an einer Wand wiederholt. Das macht mich aber so schläfrig, daß ich fürchte, wirklich einzuschlafen und dann meinen Zug zu versäumen. Von der Zahl ausgehend, bis zu der ich gezählt habe, fange ich an, kopfzurechnen, was mich aber ständig an Geld erinnert und daran, daß ich fast keines mehr habe. Gegen elf wird dann die Angst, daß ich noch eine Nacht werde zahlen müssen, so groß, daß ich es im Bett nicht mehr aushalte.

Das Gastzimmer ist fast leer, als ich den Schlüssel abgebe. Meine Schachtel in der Hand ist mir trotzdem zuwider. Heute kommt sie mir noch eindeutiger, noch verräterischer vor als gestern. Na, sagt der Wirt, Zeit wirds. Er hängt den Schlüssel ans Schlüsselbrett, und ich stehe da und warte darauf, daß er sagt, er muß mir noch einen Tag rechnen. Davonrennen nützt nichts, denke ich, der hat meinen Namen. Ist noch was, sagt er, sonst noch Wünsche? Ich denke an meine drei Schilling und merke, daß ich rot werde. Wiedersehen, sage ich schnell und gehe, ohne vom Gastzimmer noch mehr zu sehen als die Tür, aus dem Lokal. Draußen überlege ich, mit welcher Geschwindigkeit ich gehen soll, um so wenig wie möglich aufzufallen. Bei der nächsten Fleischhauerei warte ich vor dem Schaufenster, bis keine Kundschaft mehr im Geschäft ist, und kaufe dann eine Wurstsemmel. Im Gehen esse ich sie mit ganz kleinen Bissen auf. Trotzdem habe ich nachher fast noch mehr Hunger als zuerst. Ich schlucke meinen Speichel und stelle mir vor, daß es etwas zu essen ist. Ich habe jetzt noch genau zwanzig Groschen. Kälter als gestern ist es auch.

Obwohl ich mir ständig einzureden versuchte, daß mir die Leute, denen ich begegnete, gleichgültig sein könnten, weil mich in dieser Stadt doch niemand kannte, habe ich meinen Gang kontrolliert, meine Körperhaltung, meinen Gesichtsausdruck, habe ich alles so zu machen versucht, wie ich mir vorgestellt habe, daß es einer macht, an dem nichts auszusetzen ist. Ich habe ununterbrochen kalkulieren müssen: was sich die Leute denken, wenn sie mich sehen. Der Gedanke, daß sie mich als den erkennen könnten, der ich war: einer, der gesessen ist, hat mich immer wieder so durcheinander gebracht, daß es mich gewundert hat, trotzdem, ohne zu stolpern, weitergehen zu können. Schon in dieser fremden Stadt habe ich geglaubt, mich ganz anders verhalten zu müssen, als ich mich von selbst verhalten hätte. Und ich habe Angst gehabt, es nicht zu schaffen, mich ständig zu beobachten, habe gefürchtet, mich in unbedachten Momenten aus den Augen zu verlieren und mich dann so zu verhalten, als sei ich einer, dem sein eigenes Verhalten selbstverständlich sein durfte. In unserem Ort, wo jeder, der mich kannte, auch wußte, was mit mir los war, ist mir dann bald nichts selbstverständlicher gewesen als diese Angst und das jähe Erschrecken, wenn mir auffiel, daß ich vergessen hatte, mein Verhalten zu kalkulieren.

Der Zug, in den ich eingestiegen bin, ist ziemlich überfüllt. Ich stehe auf der Plattform eines Waggons und habe die Schachtel zwischen meinen Füßen. Wenn in einer Station die Tür geöffnet wird, dauert es fast bis zur nächsten Station, bis es wieder halbwegs warm ist. Ich habe garnicht versucht, einen Platz zu finden. Schon die Vorstellung, ganz dicht neben jemandem oder ihm gegenüber zu sitzen, macht mich unsicher. Wenn jemand auf die Plattform herauskommt, um aufs Klo zu gehen oder aufs Aussteigen zu warten, drehe ich mich zum Fenster und schaue wie interessiert hinaus. Aber mit dem, was ich sehe, kann ich nichts anfangen. Es erinnert mich an nichts, mir fällt nichts dazu ein als Wörter wie zu einer Bildbeschreibung. Doch ich kann ohnedies nicht vergessen, daß jemand hinter mir steht oder daß jeden Moment die Klotür wieder aufgehen wird: daß jemand mich beobachtet oder gleich beobachten wird und sich etwas denkt über mich.

Obwohl der Beamte am Schalter gestern gesagt hat, ich kann mit meiner Fahrkarte auch heute fahren, halte ich es nicht für ausgeschlossen, daß sie doch nicht mehr gültig ist. Ich hebe mir meine letzte Zigarette für den Moment auf, in dem der Schaffner kommen wird. Aber als er dann ganz unvermutet vor mir steht, ist es zu spät, sie anzuzünden. Während er die Karte kontrolliert, zerbrösle ich die Zigarette in der Jackentasche zwischen den Fingern. Doch die Karte ist gültig, oder der Schaffner hat nicht bemerkt, daß das aufgestempelte Datum das gestrige ist. Als er weg ist, versuche ich ein kleines, unversehrt gebliebenes Stück der Zigarette anzuzünden. Aber es ist zu kurz, und ich versenge mir die Haare in den Nasenlöchern. Der Geruch erinnert mich sofort an die Glasfabrik. Mir kommt vor, daß das schon sehr, sehr lange zurückliegt und daß das eine schöne Zeit gewesen ist. So schön, habe ich den Eindruck, kann es gar nicht mehr werden. Später setze ich mich auf die Waschmuschel im Klo, reiße ein Stück Klopapier ab und wickle die Tabakbrösel hinein. Klopapier, stelle ich fest, schmeckt besser als Zeitungspapier. Ich nehme mir vor, so lange im Klo zu bleiben, solange niemand herein will. Da brauche ich wenigstens nicht auf mich aufzupassen, und wärmer ist es auch. Das Fenster hat aber eine Milchglasscheibe und läßt sich nicht öffnen, sodaß ich bald Angst bekomme, die Station, bei der ich aussteigen muß, zu versäumen. Ich weiß zwar, daß es erst in ungefähr einer Stunde so weit sein wird, aber das hilft nicht gegen meine Angst, weil ich nicht sicher bin, ob ich mich auf mein Gedächtnis noch verlassen kann. Ich muß das erst wieder ausprobieren.

Im Anschlußzug habe ich dann Glück: Im Waggon, in den ich eingestiegen bin, ist ein Abteil fast leer gewesen. Nur ein alter Mann ist beim Fenster gesessen. Er hat sich nicht um mich gekümmert und ist dann auch noch eingeschlafen. Er lehnt in der Ecke mit hängender Kinnlade, sein Schnarchen hat etwas Beruhigendes für mich, und ich kann mir einbilden, daß er Vertrauen zu mir hat. Wenn der wüßte, denke ich, würde er sicher nicht so ruhig schlafen. Die Fahrkartenkontrolle geht glatt wie beim ersten Mal. Der alte Mann wird kurz wach, wo fährst denn hin, sagt er mürrisch. Nach Hause, sage ich. Ja, sagt er, ich auch, und schläft wieder ein.

Draußen ist es schon dunkel, die Namen der Bahnstationen kommen mir jetzt schon manchmal bekannt vor. Bei manchen weiß ich sogar schon die folgende auswendig. Natürlich freue ich mich, sage ich mir, als ich merke, daß ich mir gewünscht habe, noch lange nicht nach Hause zu kommen. Ich habe ein schlechtes Gewissen, weil ich mir das gewünscht habe.

Als der alte Mann ein paar Stationen vor der Endstation aussteigt, setze ich mich zum Fenster und wische ein Stück davon mit meinem Taschentuch blank. Aber außer meinem Gesicht, das mich anschaut, ist nichts zu sehen. Ich sehe meine Fingernägel noch ein paarmal auf Sauberkeit durch und mache einen hellen Fleck an meiner Hose mit Speichel unsichtbar. An meinen Schuhen ist nichts zu bemängeln, die habe ich schon auf dem Klo mit Klopapier poliert. Als ich auf den Gang hinausgehe und ein Fenster öffne, um zu sehen, ob von unserem Ort schon etwas zu erkennen ist, geht ein Eisenbahner an mir vorbei, den ich vom Sehen kenne. Ich warte mit angehaltenem Atem, daß er sich nach mir umdreht, aber bevor er es wirklich tun kann, stecke ich den Kopf zum Fenster hinaus und mache die Augen zu. Ich dränge jeden Gedanken aus meinem Kopf und denke schließlich nur mehr, daß es sehr kalt ist. Bevor der Zug in den Bahnhof einfährt, gehe ich zurück in mein Abteil und ziehe die Vorhänge vor die Schiebetür und die Fenster zum Gang. Ich warte so lange, bis die mit dem Stillstand des Zuges einsetzenden Geräusche aufhören, die die Leute beim Aussteigen verursachen, und steige dann erst aus dem Waggon. Die Leute haben sich schon alle verlaufen. Ich gehe langsam auf die Bahnhofshalle zu, die mir sehr groß vorkommt, mache die Tür auf und gehe, ohne mich umzusehen, quer durch die Halle. Ich erkenne undeutlich, daß Leute in der Halle stehen, aber ich schaue nur die Tür an, auf die ich zugehe. Als ich sie aufstoße, laufe ich dem Stationsvorstand gerade in die Arme. Er wohnt im Haus neben meiner Großmutter. Als Kind habe ich ihm jeden Frühling beim Streichen des Gartenzauns geholfen. Ich sage ganz schnell und wie automatisch Guten Abend, er starrt mich an, dreht dann abrupt den Kopf weg und geht an mir vorbei durch die Tür. Also doch, denke ich, also doch. Aber es hilft mir jetzt gar nichts, daß ich es erwartet und daß ich recht behalten habe. Im selben Moment fällt mir ein, daß die Tätowierung an meinem Arm, die ich im Gefängnis versucht habe mit Salz herauszureiben, noch immer zu sehen ist. Als ich die paar Stufen zur Straße hinuntergehe, bin ich plötzlich so müde, als hätte ich zu lange den Atem angehalten.

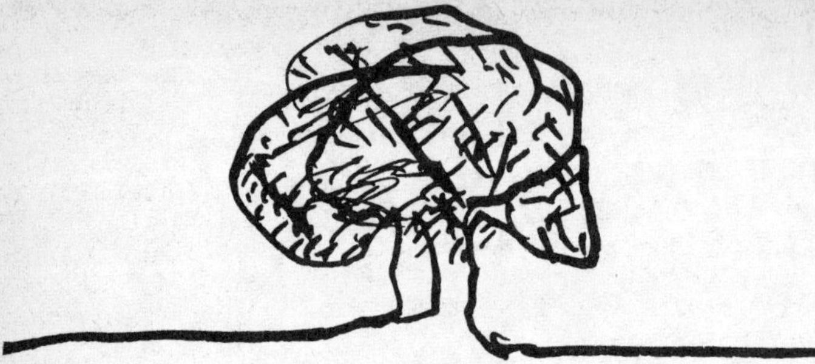

LITERATUR BEI RESIDENZ

GÜNTER BRUS
Die Geheimnisträger

HELMUT EISENDLE
Die Frau an der Grenze

BARBARA FRISCHMUTH
Kopftänzer

ANDREAS OKOPENKO
Kindernazi

E. A. RICHTER
Die Berliner Entscheidung

PETER ROSEI
Komödie / Mann & Frau

MARKUS WERNER
Zündels Abgang

JULIANE WINDHAGER
Ein Engel in Oulu

Arbeit in der Literatur

Hans Dieter Baroth:
Aber es waren
schöne Zeiten
dtv 1748

Hans Dieter Baroth:
Streuselkuchen
in Ickern
dtv 10085

Ben Witter:
Sensationen im Sessel
dtv 10116

Gernot Wolfgruber:
Herrenjahre
dtv 1483

Gernot Wolfgruber:
Niemandsland
dtv 1568

Menschen im Büro
Von Kafka
zu Martin Walser
dtv 10215